헬로

베이비

헬로
베이비

김의경 장편소설

은행나무

차례

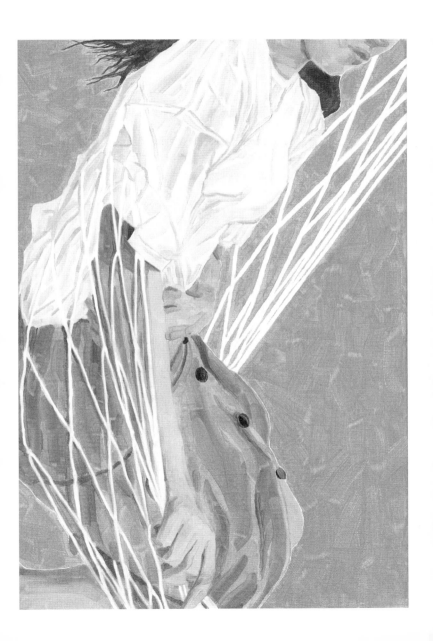

1부

44세 강문정

아침 8시 반, 문정은 병원 입구에 놓인 적외선 체온계를 이마 위로 들어올려 체온을 재고 손 소독제로 손을 문지른 뒤 병원 안으로 들어가 숨을 골랐다. 입구 옆에 있는 접수처 직원은 왼손으로는 고객의 핸드폰에 붙은 바코드 스티커를 스캔해 접수를 하고 오른손으로는 걸려온 전화를 받고 있었다. 건너편 수납처 직원들은 자리에 앉아 스트레칭을 하거나 핸드폰을 들여다보며 본격적으로 일을 시작할 준비를 하고 있었다. 푸른색 유니폼을 입은 간호사는 서서히 사람들로 메워지는 대기석을 힐끗 쳐다본 뒤 주사실 안으로 들어갔다. 문정은 심호흡을 한 뒤 지하 1층 시험관아기센터로 걸어 내려갔다.

남편은 한 시간 전에 먼저 와서 정자 채취를 하고 작업실에 간 상태였다. 와서 손이라도 잡아주면 좋으련만. 아무리 체외시술이라고 해도 각기 따로 진행되는 기분이 드는 것은 마음에 들지 않았다. 남편은 실패로 끝난 지난번 시험관 시술 때 병원에서 아는 사람을 만난 이후로 자신이 반드시 필요한 날이 아니면 병원에 동행하려 하지 않았다. 그날 남편이 거사를 마치고 정자 채취실에서 나오는데, 대기석에 앉아 있는 남자들 중 한 명이 어딘가 낯이 익다고 했다. 그 남자는 황급히 남편의 시선을 피하더니 화장실로 들어갔다. 마스크를 썼지만 눈매가 분명히 대학 동창이었다면서 남편은 하필이면 여기서 만났을까 싶어 뒤도 안 돌아보고 도망쳐 나왔다고 했다.

남자들 사이에서는 생식 능력이 떨어지는 것이 수치스러운 일인 걸까. 남자들은 왜 생명을 만드는 신성한 순간에 체면 따위를 생각하는 걸까. 물론 여자들도 난임병원 다니는 것을 회사에 숨기는 경우가 많았지만 그것은 창피해서라기보다는 임신 계획으로 업무에서 배제되지 않을까 걱정해서였다. 문정은 임신에 성공한다고 해도 아기를 낳기 직전까지 일할 생각이었다. 당당히 만삭의 배를 드러내고 다양한 분야의 여성들을 인터뷰할 계획이었다. 지금 문정이 맡은 기획은 '각계 여성 전문가의 사적인 삶'이었다. 성공한 여자들의 직업

이외의 세계를 들여다보자는 취지였는데 파고들 여지는 취미, 여행 등 다양했다. 요즘은 비혼주의자와 아이를 낳지 않는 여성이 늘어나면서 육아와 연애에서 벗어난 다양한 이야기를 끌어낼 수 있었다. 최근에 인터뷰한 은퇴한 배구선수는 저택에서 대형견 세 마리와 함께 살고 있었다. 그녀는 유기동물보호소에 기부금을 전달하고 자원봉사를 하는 등 동물보호활동을 하고 있었다. 문정은 시댁과의 갈등 운운하는 진부한 내용이 사라진 것만으로도 변화를 느꼈고 인터뷰할 맛이 났다. 여성의 성공에 결혼과 육아는 가장 큰 방해 요인이 아닐까 하는 생각도 했다. 그런 문정은 지금 세계 3대 난임센터 중 하나인 국내 최고의 난임전문병원, 아기천사병원에 와 있었다.

과거에는 SF소설에나 나왔을 법한 시험관 아기 시술은 이제 대중화된 난임치료법이었다. 아기천사병원은 코로나 팬데믹 상황인 지금 시험관 시술을 받기 위해 병원을 방문한 사람들로 발 디딜 틈이 없었다. 한국의 난임치료기술이 소문이 났는지 해외에서 비행기를 타고 '한국원정시험관' 시술을 하러 오는 사람들이 있을 정도였다.

문정이 태어난 1978년, 세계 최초의 시험관 아기 루이스 브라운도 태어났다. 영국 여성인 루이스 브라운은 결혼해서 자연임신으로 두 아들을 낳았다는데 자연임신으로 세상에 나온 문정은 마흔네 살에 시험관 시술을 받으러 난임병원에 다니고 있었다. 루이스 브라운이 태어났을 당시 교황은 신의 섭리에 대한 도전이라며 우려를 표했고 언론은 시험관 시술을 '원자폭탄 이후 가장 큰 위협'이라고 떠들었다. 그런 호들갑스러운 기사를 쓴 기자는 이후 시험관 시술로 전 세계에 800만 명의 아기가 태어나고, 의료선진국 대한민국에 난임치료에 최적화된 시스템을 갖춘 시험관 시술 전문 병원이 등장할 줄 예측하지 못했던 모양이다. 그 기자의 딸도 지금쯤 시험관 시술을 받기 위해 난임병원에 다니고 있을지 모를 일이었다.

하의를 탈의하고 수술복 가운을 걸친 채 탈의실 밖으로 나가자 간호사는 문정에게 비닐 모자를 씌우고 혈압을 잰 다음 손목에 부부의 이름과 QR코드가 새겨진 종이 팔찌를 채워줬다. 문정은 어린 시절 놀이공원에 가면 손목에 채워주던 자유이용권을 떠올리며 대기실 침대에 누웠다. 아이들이 뛰노는 놀이공원의 자유이용권을 얻었으니 곧 아기를 만날 수 있을까. 문정은 남편에게 문자를 보냈다.

─마취하는 거 무서워.

─처음 하는 것도 아니잖아.

─마취 풀리면 얼마나 아픈데. 무서워.

사실 난자 채취는 듣던 것처럼 아프지 않았다. 배가 뻐근한 생리통 정도의 통증이었다. 문정은 다른 여자들보다 통증이 적은 편이었다. 난소 기능 저하로 기껏해야 대여섯 개의 난자가 채취되기 때문이었다. 겨우 세 개가 채취된 적도 있었다. 하지만 이번에는 문정도 엄살을 떨고 싶었다. 시험관 시술은 억울할 정도로 아내의 역할만 강조되었다. 아내가 온갖 주사를 맞고 난자 채취와 배아 이식의 과정을 거치는 동안 남편의 역할은 정자 채취하는 날 하루 병원에 방문해서 수음으로 정액을 작은 병에 담는 것이었다. 고통이 수반되는 난자 채취와 다르게 정자 채취는 쾌락이 수반되었다. 난자 채취에 비해 간단했으므로 남편은 시험관 시술이 실패할 때마다 문정처럼 절망하지 않는 것 같았고 그것이 문정의 신경을 건드렸다.

"김선영 씨, 일어나세요. 김선영 씨!"

옆 침대 여자가 마취에서 깨어나지 않는지 간호사가 이름을 부르며 뺨을 때리고 있었다. 김선영이 누군지 모르지만 문정은 어서 일어나라고 응원했다.

문정은 화장실에 다녀오면서 커튼 사이로 보이는 옆 침대 여자를 훔쳐봤다. 선영 씨는 이제야 마취에서 깨어났는지 낮게 신음 소리를 흘리고 있었다. 문정은 담대한 편이었는데도 난자 채취를 하는 것이 겁났다. 문정이 겁내는 것은 통증이 아니라 희망고문이었다. 수면마취를 하는 것도 두려웠지만 실패한다면 길고 긴 과정을 다시 시작해야 했다. 이미 다섯 번째였다. 그동안 배아 이식을 여덟 번이나 받았다. 무서운 주삿바늘을 스스로 배에 찔러넣고 난포를 키워 터트린 다음 채취하고 이식하는 시험관 시술을 한 번도 아니고 여러 번 하게 될 줄이야. 안 그래도 몇 개 나오지 않는 난포가 공난포면 어쩌나 하는 걱정에 밤잠을 설쳤다.

간호사가 커튼 사이로 얼굴을 내밀며 말했다.

"2분 뒤에 들어가실게요."

―나 이제 들어가.

잘하고 오란 말을 듣고 싶었지만 남편은 문자를 확인하지 않았다.

문정은 간호사가 시키는 대로 '난자 채취실' 문 앞에 놓인 둥근 의자에 앉아 대기했다. 이윽고 문이 열렸다. 환자의 양팔과 양다리 옆에 선 네 명의 간호사가 시술대에 누워 있는 여자를 동시에 위로 번쩍 들어올리더니 옆에 놓인 침대로 옮긴 뒤 침대를 끌고 나왔다. 문정은 마취에서 깨어나는 중에 뭐라고 중얼대며 멀어지는 여자의 얼굴을 물끄러미 쳐다봤다.

문정은 뿔테 안경을 벗어 핸드폰과 함께 간호사에게 건넨 뒤 채취실 안으로 들어가 시술대에 올라갔다. 고덕수 선생은 신뢰할 수밖에 없는 얼굴로 문정을 내려다보며 안심시켜주려 했다. 무뚝뚝한 고 선생이 수술실에서만 보여주는 자애로운 표정이었다. 나만 믿고 따라오라는 듯 자신감 넘치는 표정. 너의 고통을 다 알고 있다는 듯 머리를 쓰다듬어줄 것 같은 예수를 닮은 얼굴. 하지만 무릎을 세우게 한 다음 질 안으로 소독용 거즈를 집어넣을 땐 신음 소리를 삼킬 수 없었다. "나 잠들고 나서 하지"라고 생각하는 도중 의식이 흐려졌다.

다시 의식이 돌아왔을 때는 누군가의 울음소리가 들렸다. 앞 침대 여자인 것 같았다.

"너무 아파요. 너무 아파."

여자는 이렇게 말하며 울고 있었다. 간호사의 목소리가 들렸다.

"열여덟 개 채취됐어요. 조금만 참으세요."

난자가 여러 개 채취된 모양이었다. 문정은 여자가 부러웠다. 난자가 많이 나왔으니 냉동 배아도 많이 나올 것이고 당분간 채취를 하지 않아도 될 것이었다. 앞 침대 여자가 이번엔 남편과 통화를 하기 시작했다. 여자는 남편과 티격태격하더니 전화를 끊고 한층 서럽게 울기 시작했다. 그때 문정의 시선이 대기실 한쪽 벽에 붙은 종이에 닿았다.

난임부부 여러분 힘내세요.
아기는 발이 작아 아장아장 천천히 온답니다.

평소에는 감성을 자극하는 문구라며 코웃음 치며 보던 글인데 문정의 눈에 서서히 눈물이 차올랐다. 네 개밖에 채취되지 않았다는데 왜 이리 배가 뻐근한지 알 수 없었다. 시간이 갈수록 채취되는 난자의 수가 줄어들고 있었다. 난소 기능이 계속해서 떨어지고 있으니 내년에는 매달 한 개씩 채취되는 난자를 모아 석 달에 한 번 이식 기회를 얻을 수 있을지도 몰랐다. 의사로부터 자매에게 난자 공여를 받으라는 말을 들을 수도 있었다.

하루 입원해야 한다는 간호사의 말에 문정은 퉁명스럽게 답했다.

"저번에 여섯 개 채취했을 때는 바로 퇴원했는데요."

간호사는 웃으며 말했다.

"채취는 네 개밖에 안 됐지만 난포가 어디에 위치해 있는지에 따라 출혈은 더 있을 수 있어요. 난포 주변에 혈관이 많으면 채취할 때 피가 많이 나고 그렇지 않으면 적게 나거든요. 하루만 입원하세요."

왜 혈관이 많은 곳에 숨어 있었을까. 이번에 채취된 애들은 장난기가 많은 모양이었다. 문정은 순순히 입원실로 올라갔다. 의료진들은 오늘 채취한 난자를 시험관에서 수 시간 배양해 준비된 정자와 수정시킨 뒤 이튿날 정상적으로 수정이 이루어졌나 확인하고, 수정란의 상태에 따라 2~5일간 추가 배양할 것이다. 그리고 미세한 관을 이용해 수정된 배아를 문정의 자궁 안에 넣어줄 것이다. 자궁내막을 두껍게 하는 프로기노바를 처방하고 유산 방지 주사도 놓을 것이다. 그럼에도 실패할 확률이 높은 게임이었다.

남편은 저녁에 들러 포장해 가져온 죽을 놓고 갔다. 처음 시험관을 시작할 때만 해도 채취하는 날만큼은 호들갑을 떨며 동행했던 남편은 최근 들어 이런저런 핑계를 대며 저녁때가 되어서야 얼굴을 내밀었다. 코로나가 구실을 만들어주긴 했다. 병원 입구에는 '코로나 심각 단계로 채취, 이식, 수술 외에는 보호자의 동반을 자제해달라'는 종이가 붙어 있었다. 남편은 난임의 원인이 자신에게 있다고 생각했고 시험관 차수가 늘어갈수록 표정이 어두워졌다. 문정이 숟가락을 내려놓자 남편이 자리에서 일어나며 말했다.

"이제 가볼게."

"벌써?"

"글 써야 해. 마감이 일주일 남았어. 돈 벌어야지."

"마무리 단계지?"

"아직 착상조차 못했어."

문 닫는 소리가 들렸다. 그제야 문정은 남편의 말이 며칠 뒤 이식할 배아가 착상을 하지 못할 거라는 예언이 아닌가 싶어 불길해졌다. 배아가 아빠를 닮아서 착상조차 못하면 어쩌지?

문정과 남편은 대학 시절 소설 창작 수업을 통해 만났다. 국문과 1년 선배였던 남편은 누가 봐도 작가 지망생처럼 너저분한 차림새와 비딱한 자세로 수업을 들었고 문정은 단순한 호기심에 수업을 들었다. 남편은 대학 근처 호프집에서 열린 종강 파티에서 문정에게 자신이 참여하는 창작패에 들어오라고 했다. 어떤 글쓰기 모임이냐고 물었더니 남편은 이렇게 답했다.

"픽션과 논픽션을 아우르는 글쓰기야. 시인, 소설가, 드라마 작가, 기자……. 우리 모임 출신 선배들은 다양한 분야에서 글을 쓰고 있어."

문정은 '픽션과 논픽션을 아우르는 글쓰기'라는 말에 매료되었다. 소설 같은 현실을 살고 있는 우리가 굳이 픽션만 고집할 필요는 없다고 생각했다. 남편은 서른 살에 첫 장편소설을 출간했지만 문정은 아직 데뷔도 하지 못했다. 문정은 소설보다는 에세이, 전기, 회고록에 끌렸고, 논픽션 작가로 이름을 떨치고 싶었다. 하지만 지난 7년간 여성지 프리랜서 기자로 일하면서 여성지 기사가 픽션과 논픽션의 경계에 머무른다는 생각을 하게 되었다. 유명인들을 인터뷰하면서 인터뷰이가 인터뷰어에게 완벽하게 솔직할 수는 없다는 결론에 이르렀고, 어떤 기사는 그저 가십성에 머무른다는 생각에 아쉬웠다. 문정은 좀 더 자유로운 일을 하고 싶었다. 그러니까 문정은 조금 더 나아가고 싶었다. 자신이 소속된 회사와 상관없이 글을 쓰고 싶었다. 자신의 삶과 경험을 기록한 원고에 단독 저자로 이름을 올리고 싶었다. 남편은 소설에 인생을 걸고 싶다고 했다. 일을 하면서도 부지런히 썼고 등단 8년 차부터는 전업작가로 활동하고 있었다. 서로의 꿈을 믿고 지지해주며 여기까지 왔지만 요즘 들어서는 정체기라고 해야 할까. 지금은 둘 다 착상 실패 중인 글쟁이 부부일 뿐이었다. 남편은 2년간 아이디어가 떠오르지 않는, 착상조차 하지 못하고 있는 소설가였고 아내는 반복 착상 실패로 난임 치료를 받고 있는 논픽션 작가 지망생이었다.

문정은 올해 들어 그동안 해보지 않은 것들을 시도하기 시작했다. 굳이 이름 붙이자면 '맘카페 의학'이라고 할 수 있을 것이다. 혈액순환에 좋다는 노루궁뎅이버섯차를 입에 달고 살았으며 지은과 함께 점쟁이를 찾아가 부적도 썼다. 중학교를 졸업한 이후로는 나가지 않았던 성당에 다시 다니기 시작했다. 천주교가 시험관 시술을 반대하기 때문에 신부님, 수녀님께 고민을 털어놓진 못했지만 말이다. 한약을 먹고 시험관에 성공했다는 글을 올린 맘카페 회원에게 쪽지를 보내 어느 한의원에서 약을 지었는지를 알아낸 다음 지방까지 행차해 한약을 공수해와서 경건한 자세로 흡입했다. 밤 10시부터 새벽 2시까지 잠을 자야 난포가 잘 자란다는 한의사의 조언에 따라 '새벽 시간의 글쓰기'도 포기했다. 문정은 새 나라의 어린이처럼 일찍 자고 일찍 일어났다.

하룻밤을 병원에서 보낸 문정은 오전에 퇴원 절차를 밟는 중에 정효가 단톡방에 올린 문자를 확인했다. 정효의 프로필 사진을 보고 문정은 핸드폰을 떨어트릴 뻔했다. 1년 만이었다. 정효가 단톡방에 메시지를 던진 것은. 문정은 정효가 단톡방에 있다는 사실조차 잊고 있었다.

　─오늘 저녁 우리 집에 올 수 있는 사람? 간단한 홈파티 어때?

　짧은 침묵을 뚫고 톡이 올라왔다.

　─그동안 어떻게 지냈어? 외국 나간 줄 알았는데.

　정효와 가장 친했던 지은이었다. 문정도 애교를 담아 말했다.

　─정효 언니, 오랜만이야^^ 나 지금 퇴원수속 중. 어제 채취했거든. 그래서 오늘 시댁 안 가도 돼. 꼭 갈게.

　혜경의 얼굴이 떠올랐다.

　─언니 오랜만. 문정, 시댁에 허락받은 거야? 좋겠다. 난 이번에도 가야 해. 다른 남편들은 알아서 쉴드 쳐준다던데. 며칠 전에 근종수술 해서 아직도 배가 당기는데 전 부칠 생각하니 급 우울.

　문정은 혜경을 위로했다.

　─남편은 원래 남의 편이야. 근종수술 하면 한 달간 조심해야 한다고 시모한테 직접 말해봐. 코로나로 5인 이상 집합금지인데 이번엔 이해해주시지 않을까?

　─소용없을걸. 어머니도 근종수술 했었다고 별거 아니라고 하시더라. 온 가족이 코로나에 걸려도 어머니는

모이라고 할 거야.

지은이 어딘가 퉁명스럽게 말했다.

—근데 정효 언니, 뭐야. 갑자기 파티라니.

기다렸다는 듯 정효가 답했다.

—사실 나 며칠 전에 아기 낳았어. 다들 와서 축하해 줬으면 좋겠어.

갑자기 단톡방이 쥐 죽은 듯 조용해졌다. 문정도 눈을 크게 뜨고 글자를 노려봤다. 아기를 낳았다고? 정효 언니가?

정효는 '헬로 베이비' 멤버 중 가장 오랜 기간 난임병원에 다닌 최고령 맘이었다. 정효는 서른 살부터 마흔네 살까지 15년 동안 난임병원에 다니면서 스물일곱 번의 시험관 시술을 받았다. 인공수정까지 합하면 서른 번이 넘을 것이다. 그러다가 더 이상은 하지 않겠다고 선언했고 지난 1년간 모임에 나오지 않았다. 모두들 정효가 현명한 판단을 내렸다고 생각했다. 15년간 정효의 몸만큼이나 마음도 상했을 거라고 생각했다. 그런데 산후조리원에 안 가고 바로 집으로 온 건가? 정효에게 물어보려는 순간 소라의 톡이 올라왔다.

—대박. 정효 언니, 마흔여섯에 자연임신으로 아기를 낳았다는 거야? 언니 축하해!

소라의 말을 시작으로 불꽃놀이처럼 여기저기서 축하 톡이 터져나왔다.

—축하해! 언니, 진짜 이러기야? 이제야 말해주다니. 나 수술 때문에 죽다가 살아났는데 눈물난다 정말. 꼭 갈게.

혜경의 문자에 정효가 꽃다발 이모티콘과 함께 문자를 보냈다.

—혜경아 고생했어. 퇴원했으면 누워서 몸 따듯하게 하고 몸조리 잘해. 무거운 거 들지 말고. 퇴원한 지 며칠 안 됐는데 외출해도 되겠어?

—그래도 아기 보러 갈 거야. 배가 조금 당기지만 괜찮아.

지은은 감동의 눈물을 흘리는 소녀 이모티콘을 여러 개 보냈다. 모두 내색하지 않으려 했지만 질투가 묻어있는 축하 말이었다. 하지만 진심이었을 것이다. 다른 사람도 아니고 '정효 언니'이지 않은가. 평소 단톡방 참여가 저조하던 은하도 톡을 던졌다.

—언니 축하해요! 야간 근무라서 못 가지만 나중에 따로 아기 보러 갈게요. 언니, 아들이야 딸이야?

—모두들 고마워. 공주님이야.

문정이 사진을 보여달라고 하자 정효는 플래시가 아

기 눈에 좋지 않다면서 저녁에 와서 보라고 했다. 대신 정효는 아기의 발을 찍은 동영상을 보여줬다. 화면 안에서 당장이라도 입을 맞추고 싶은 작고 사랑스러운 발이 꼬물거렸다. 아기의 발은 확실히 정효의 발을 닮은 것 같았다. 찜질방에서 본 정효의 작고 예쁜 발을. 문정은 이제 정효가 아기 때문에 시댁으로부터 무시당하지 않아도 되는 건가 싶어서 코끝이 찡했다.

대부분의 단톡방 멤버는 무슨 일이 있어도 홈 파티에 참석하겠다고 했다. 모두들 시험관 시술 진행 중이거나 준비 중이었으므로 남편만 협조해준다면 구정에 시댁에 가지 않아도 되었다.

핸드폰 벨 소리가 나더니 화면에 '한지은'이란 이름이 떴다.

"언니는 알고 있었지?"

"내가 무슨 수로 알아. 1년 동안 정효 언니하고 문자 한 번 안 했어."

문정은 정효에게 연락하고 싶었지만 하지 않았다. 15년간 난임병원에 다니다가 이제 그만하겠다고 결심한 사람의 평온한 일상을 휘저어놓을 순 없었다.

갑작스러운 정효의 컴백으로 단톡방에 묘한 긴장감이 돌았다. 문정은 분위기를 누그러트리기 위해 바구니에서 하트가 무더기로 쏟아지는 이모티콘과 함께 톡을 던졌다.

— 헬로 베이비의 첫 베이비네. 저녁에 다 같이 만나!

처음 단톡방을 만든 건 문정이었다. 문정은 단톡방에 작은 분쟁이라도 생기면 신경이 쓰였다. 단톡방 멤버들의 연결고리가 자신이기 때문이었다. 여자들을 끌어모은 것도 문정이었다. 그들은 문정을 통해 서로 알게 되었다.

뒤늦게 출산을 결심한 문정은 마흔한 살이 되던 해, 남편과 함께 보건소에서 산전검사를 받은 뒤 반년간 임신을 시도했다. 그래도 소식이 없자 주변에서는 난임병원에 가보라고 했다.

"언니, 마흔이 넘었는데 자연임신은 힘들지. 얼른 병원 가봐. 나 사실 우리 서준이 시험관으로 가졌어."

시험관 시술로 아기를 낳았다고 고백하는 지인들이 하나둘 등장했다. 딩크인 줄 알았던 주변 사람들이 알고 보니 아기를 가지려고 난임병원에 다니고 있다는 것도 그즈음 알게 되었다. 문정보다 서너 살 적은 동생들이 말이다. 시험관 시술은 아프고 힘들기 때문에 병원에 1~2년 다니다가 결국 포기하는 경우가 많다고 했다. 35세가 넘은 산모를 병원에서 '노산'으로 분류한다는 것도 그때 알았다.

결국 문정은 그해 겨울, 난임병원으로 향했다. 아기천사병원 건너편에 서서 초록 신호등이 켜지길 기다리던 문정이 남편에게 말했다.

"이게 정말 잘 하는 일일까?"

사실 시험관 시술비는 문제가 아니었다. 본격적인 지출은 아이가 태어나면서부터 시작될 것이다. 솔직히 요즘 같은 때 아기를 낳는 것은 미친 짓이었다.

"글쎄. 그냥 아이가 하나 있어야 할 것 같아. 내가 먼저 죽으면 당신 외로울 거 아니야."

"고독사하는 사람들은 대부분 자식이 있다던데?"

남편이 머리를 긁적이며 말했다.

"그래도 당신하고 아이 하나는 키워보고 싶어. 우리가 만난 것도 기적인데 우리가 만나서 세상에 나온 아이가 써 나갈 이야기들이 벌써부터 기대돼."

그 순간 초록불이 켜졌고 문정은 남편과 손깍지를 낀 채로 뛰어서 길을 건넜다. 함께 산 지 10년 된 남편의 입에서 저런 소리가 나오니 제법 로맨틱하게 느껴졌다. 문정도 그랬다. 남편과 자신을 닮은 아이와 많은 추억을 만들고 싶었다. 남편도 예전보다 벌이가 괜찮았고 주로 집에서 일을 하니 독박육아를 할 염려도 없었다.

늦은 나이에 출산을 결심하기까지는 이런 조건들이 갖춰져 있었다.

하지만 주변에서 보기에 문정 부부는 임신을 하기에 적합한 상황이 아니었던 모양이다. 양가 부모님들께 임신 계획을 알렸을 때 뜻밖의 반응이 돌아왔다. 너무 늦지 않았니? 정말 괜찮겠냐? 돈이 많이 들 텐데. 부모님 눈에 두 사람은 출산과 육아를 감당하기엔 철없는 부부였던 모양이다. 그러자 더욱 오기가 생겼다. 문정은 그러거나 말거나 '시험관 아기 시술'이라고 적힌 급행열차에 올라탈 준비를 끝마친 상태였다.

남편과 함께 유리문을 밀고 들어간 문정은 대기석을 가득 메운 사람들을 보고 놀랐다. 심각한 저출산 국가의 난임병원이 이렇게 붐비는 것이 믿기지 않았다. 한 시간을 기다려서 아기천사병원의 삼신할배, 고덕수 선생을 만날 수 있었다.

"왜 이제야 왔어요? 5년, 아니 3년만 일찍 왔어도 좋았을 텐데."

문정은 고 선생의 물음에 그냥 갑자기 아이가 갖고 싶어졌다고 답했지만 가장 솔직한 이유는 더 이상 임신을 미룰 수 없는 나이가 됐기 때문이었다. 더 미루다가는 정말로 아이를 가질 수 없을 거라고 생각했다. 5년 전, 3년 전에는 무엇을 했더라? 문정과 남편은 일에 미쳐 있었다. 그럼에도 여전히 사회에서 자리를 잡지 못한 상태였고 출산을 생각할 여유가 없었다. 경제적으로 여유가 없으니 아기는 언감생심이었다. 그런 문정 부부에게 작은 희망이 생겼다. 남편의 소설 드라마 판권이 팔린 것이다. 드라마는 언제든지 엎어질 수 있는 것이었지만 기폭제가 필요했던 부부의 발등에 때마침 떨어졌다. 드라마가 나온다면 책이 조금 더 팔릴 것이고 기저귓값은 마련할 수 있을 거라고 판단했다.

두 사람 다 몸에 큰 문제는 없다고 했다. 다만 남편은 정자에 염증이 있어서 항생제를 먹어야 한다고 했고 문정은 AMH(항뮬러관호르몬) 수치 검사 결과, 난소 나이가 원래 나이보다 두 살이 많은 43세라는 소리를 들었다. 의사는 돌려 말하지 않았다. 문정이 임신이 힘든 이유는 '나이' 때문이라고 했다. 나이를 먹을수록 난소 기능이 저하되므로 배란되는 난자가 줄어들고 질 좋은 난자를 얻기 힘들다고 했다. 나이가 들수록 자궁내막이 얇아지니 착상도 쉽지 않다고 했다. 문정은 기운이 빠졌다. 나이는 벌써 먹어버렸고 시간을 되돌릴 순 없었다.

사실 문정은 자신이 난임이라고 생각하지 않았다. 문

정 부부는 한 번도 적극적으로 아기를 가지려고 애쓴 적이 없었기 때문이다. 그렇다고 적극적으로 피임을 한 것도 아니었다. 문정 부부가 한 피임이라면 사실 피임 이라고도 할 수 없는, 배란일을 피해서 관계를 갖는다 거나 질외사정을 하는 정도였다. 아이를 낳아 키우기 힘든 상황이었으므로 배란일에 맞춰 관계를 하진 않았 지만 혹시나 아이가 생긴다면 낳아서 키운다는 암묵적 인 규칙이 부부 사이에 존재했던 것이다. 의사는 피임 을 하지 않았는데도 10년 가까이 아이가 생기지 않았다 면 난임으로 봐야 한다고 했다. 문정은 인공수정을 하 고 싶었지만 의사는 시험관 시술을 권했다. 더 이상 낭 비할 시간이 없다고 했다.

문정은 일주일 뒤 혼자서 자궁난관조영술을 하러 병 원에 갔다가 혜경을 만났다. 하의를 탈의하고 분홍색 가운을 걸친 채로 대기실에 놓인 소파에 앉아 순서를 기다리던 문정은 양옆에 같은 복장으로 앉아 있는 여자 들과 눈인사를 나눴다. 오는 길에 인터넷 검색을 해봤 는데 나팔관이 막혀 있으면 조영제를 자궁 안으로 집 어넣을 때 참기 힘든 통증이 있다고 했다. 가장 오른쪽 에 앉았던 여자가 들어간 지 얼마 안 되어 얼굴을 찡그 리며 나오자 문정과 왼쪽에 앉은 여자는 겁먹은 눈으로 서로 마주 봤다.

"이혜경 님 들어오세요."

문정은 가방에서 타이레놀과 생수를 꺼내 두 알 삼킨
뒤 혜경에게 건네며 말했다.

"드실래요?"

혜경은 타이레놀을 세 알이나 삼킨 뒤 안으로 들어갔
지만 밖에까지 들리도록 비명을 질렀다. 한 손으로 배
를 잡고 울상을 지으며 나온 혜경이 문정에게 말했다.

"나팔관이 막혔나봐요."

다행히 문정은 아프지 않았다. 조영제를 자궁에 흘려
넣을 때 느낌조차 없었다.

탈의실에서 다시 만난 혜경이 문정에게 말했다.

"계속 실패한 이유가 있었나봐요. 진즉에 할걸 그랬
어요. 자궁난관조영술을 하면 조영제가 들어가면서 잠
시나마 막혀 있던 게 뚫려서 그달에는 임신 확률이 높
아진대요. 이번 달에 열심히 달려야겠어요."

문정이 바짓가랑이에 다리를 넣으며 말했다.

"그래요? 우리 둘 다 이번 달에 열심히 달려요."

"혼자서 달린다고 되는 일이 아니라서. 남편의 협조
가 필수적이죠. 친구들이 난임병원 다니면서 시험관에
만 의존하지 말고 쉬는 달에는 부부관계를 하라고 하더

라고요. 어떻게든 확률을 높여보라고요. 우리에겐 시간이 금이잖아요."

이런 이야기를 처음 만난 사람에게 스스럼없이 하는 걸 보면 혜경은 아기를 낳고자 하는 욕망이 큰 모양이었다. 문정은 코트를 입으며 말했다.

"우리는 오래된 커플이라 분위기 잡기가 힘들어요. 대학에서 만났거든요. 술도 마시면 안 되고 말이죠."

"저도 CC였어요. 생기기 전이니까 한잔 마시고 해요. 임신 중에도 소량의 알코올은 괜찮다는데 안 마시는 게 낫겠죠? 한잔 들어가면 통제하기 힘드니까요."

문정은 화장실에서 한 번 더 혜경과 마주쳤다. 혜경은 회사에서 잠시 빠져나온 건지 화장을 고치며 누군가와 일과 관련된 통화를 하고 있었다.

문정은 의사가 시키는 대로 고분고분 따랐다. '자궁의 신'으로 불리는 고덕수 선생은 맘카페는 물론이고 최근 출산한 지인들이 극찬한 의사였다. 우리나라 10대 난임 명의 중 한 사람으로 시니어급이라서 실수가 없다고 했다. 맘카페에서는 그의 단점이 무뚝뚝하다는 것이라고 했지만 왜 다정함을 남편이 아닌 의사에게서 찾는 건지 이해할 수 없었다. 문정이 고 선생을 신뢰하는 이유는 그가 '프로'이기 때문이었다. 굴욕의자에 앉아도

고 선생 앞에서는 수치스럽지 않았다. 그것이 바로 그가 프로라는 증거였다. 문정은 고 선생의 조언대로 나쁜 음식을 끊고 규칙적인 운동을 하면서 난자의 질을 좋게 한다는 영양제를 챙겨 먹었다. 자궁내막 용종은 배아의 이동을 방해하고 착상도 어렵게 한다고 해서 자궁경으로 제거했으며, 자궁내막에 일부러 상처를 내서 착상률을 높이는 시술이라는 자궁내막자극술도 받았다. 자궁내막에 미세한 상처를 내면 자궁 내 가벼운 염증 반응이 발생하고, 아무는 과정에서 착상을 돕는 물질이 분비돼 착상률이 높아진다고 했다. 싸움을 하면 더 강해지는 것과 같은 원리일까. 문정은 눈을 질끈 감고 묵직한 통증을 견뎠다.

일주일 뒤 문정은 주 1회 열리는 고 선생의 난임 특강 시간에 혜경을 다시 만났다. 문정은 맨 뒷자리에서 팔짱을 낀 채로 강의를 들었고 혜경은 필기를 하며 앞자리에서 들었다. 쉬는 시간에 혜경은 문정에게 지난주에 오지 못했다면서 노트를 빌려달라고 했다. 문정은 대충 휘갈겨 쓴 노트를 빌려줬고 그 보답으로 혜경은 병원 옆에 있는 카페에서 음료와 빵을 샀다. 혜경은 병원에 다니게 되면서 커피를 끊었다며 우유를 주문했고, 카페에 앉아 문정의 노트를 베껴 썼다. 문정이 커피를 마시며 말했다.

"이럴 줄 알았으면 꼼꼼히 적을걸 그랬나봐요. 그런데 무슨 반이에요?"

혜경이 도톰한 입술에 우유를 묻힌 채로 말했다.

"신 샘 반이요. 신자영 샘."

"아, 엄청나게 꼼꼼하시다는 신 샘."

"네. 신 샘은 쌍둥이 맘이에요."

"우리 고 샘도 쌍둥이 아빤데. 의사들은 바빠서 시험관을 많이 하나봐요. 이건 맘카페에 떠도는 루머인데, 고 샘 아내도 사십대 때 시험관으로 겨우 임신했대요. 고 샘 다둥이 아빠예요. 1남 2녀. 시험관으로 쌍둥이 딸 낳고 2년 뒤 자연임신으로 아들 낳고. 저한테는 왜 이제야 왔냐고 하시더니 공처가이신가봐요."

혜경이 목소리를 낮춰 말했다.

"저도 그 얘기 들었어요. 사실 저 아는 언니의 친구의 사촌언니가 고 샘 와이프 동창인데 엄청난 여자래요. 사업가인데 너무 바빠서 관계할 시간도 없대요. 그래서 고 샘이 애걸복걸해서 시험관으로 낳았대요."

"중이 자기 머리 못 깎는다더니."

문정은 밤마다 아내에게 거절당하는 고 선생을 떠올리며 입안의 머핀이 튀어나갈 정도로 웃었다. 그러면서 나한테는 왜 이제야 왔느냐고 타박했단 말이지? 그때 고 선생이 카페 안으로 들어오는 바람에 혜경과의 대화는 뚝 끊겼다. 문정과 혜경은 노트로 얼굴을 가리고 웃었다. 난임 전문의들이 시험관을 통해 아기를 가졌다는 이야기는 반가웠다. 시험관 시술로 태어난 아기에 대한 온갖 근거 없는 소문을 무시해도 될 것 같았기 때문이다.

두 달쯤 지났을까. 난자 채취와 배아 이식을 마친 뒤 주말에 주사를 맞으러 병원에 방문한 문정은 얼굴을 찡그린 채로 주사실에서 나오는 낯익은 얼굴과 마주쳤다. 문정은 혜경과 눈인사를 나누며 주사실 안으로 들어갔다. 자궁난관조영술도 같은 날 했고 슈게스트 주사도 비슷한 시기에 맞고 있는 것을 보면 생리주기도 비슷한 것 같았다. 주사실에 들어간 문정은 손을 뒤로해서 엉덩이를 더듬어 딱딱하지 않은 부분을 가리키며 말했다.

"여기 놔주세요."

긴장한 탓에 엉덩이에 힘이 들어갔다. 어릴 때 병원에 가는 게 싫어서 아파도 참았을 정도로 주사를 싫어했던 문정은 주삿바늘이 들어오기도 전에 소름이 끼쳤다.

"다행히 자리가 있네요. 좀 아파요. 미안해요. 따끄음!"

슈게스트는 주사를 놓는 간호사가 사과를 할 정도로 환자들이 두려워하는 주사였다. 간호사가 주사기를 찔러넣으며 엉덩이를 연달아 세게 때렸다. 따다다다닥.

"아아악……!"

밖에서 들으면 뺨따귀라도 맞는 줄 알았을 것이다. 그만큼 섬뜩했고 맞을 때마다 소스라쳤다. 문정은 엉덩이에 퍼지는 돌덩이들 때문에 다리가 저릿했다. 맞아본 사람은 누구나 치를 떤다는 슈게스트 주사는 프로게스테론 성분의 근육 주사이기 때문에 스스로 놓을 수 없으므로 일을 하다가도 병원에 방문해야 했다. 배아 이식 5일 전부터 맞기 시작해서 임신 10주 차까지 맞아야 하는데 유산을 방지한다고 하니 고령, 그것도 초산 예비 맘으로서 빼놓을 수 없었다. 슈게스트 주사는 아프기도 했지만 맞은 부위가 돌처럼 딱딱하게 변하기 때문에 일명 '돌 주사'로 불렸다.

문정은 돌 주사를 맞을 때마다 신음을 안으로 삼키며 망부석 설화를 떠올렸다. 아내가 멀리 떠난 남편을 기다리다가 죽어서 화석이 되었다는 전설적인 돌에 대해. 돌은 그리움을 상징했다. 그 가슴 저린 이야기의 의미를 마흔이 넘어 난임병원에서 절절하게 깨닫게 될 줄이야. 문정은 남편을 기다리는 마음은 몰라도 아기를 그리워하는 마음은 잘 알았다. 문정은 아기를 그리워하다가 언젠가는 자신도 돌이 되어버리는 건 아닐까 생각했다. 엉덩이부터 딱딱하게 변해 온몸이 돌덩이가 되면 아기가 찾아오는 걸까.

망부석 설화를 떠올리면 동시에 서정주의 시집《질마재 신화》에 실린 〈신부〉라는 시도 생각난다. 첫날밤에 신부가 초록저고리에 다홍치마를 입고 귀밑머리만 풀린 채로 앉아 있었는데 신랑이 긴장을 했는지 오줌이 마려워 일어나 달려나가는 바람에 옷자락이 문돌쩌귀에 걸렸다. 신랑은 신부가 음탕해서 그새를 못 참고 뒤에서 잡아당기는 거라고 생각하고 뒤도 안 돌아보고 나가버렸다. 오랜 시간이 흐른 뒤 그는 우연히 신부네 집 옆을 지나다가 그 일이 생각나서 방 문을 열고 들여다봤다. 신부는 첫날 밤 모양 그대로 초록저고리 다홍치마를 입은 채 앉아 있었다. 안쓰러운 마음에 다가가 어깨를 어루만지니 그때서야 매운 재가 되어 맥없이 내려앉아버렸다는, 황당하기 짝이 없는 남성의 시각에서 해석한 이야기 말이다.

주사실에서 나온 문정이 복도에 놓인 의자에 앉아 엉덩이를 문지르자 이번에는 혜경이 타이레놀을 내밀었다.

"드실래요?"

"이틀 전에 이식해서 안 돼요."

"이식했어도 저는 너무 아플 땐 한 알 먹어요."

"그래도 될까요? 배아에게 영향을 줄 거 같은데."

"아파서 받는 스트레스가 더 클 거 같아서요. 전 고통은 아무 쓸모가 없다고 생각하거든요. 배 아파 아이를 낳아야 모성애가 크다는 건 개소리예요. 임신과 출산 과정에서 오는 고통을 줄일 수 있다면 오히려 아동학대가 줄어들 거예요."

"그러고 보니 출산의 고통만 생각했지 임신 과정의 고통을 줄이는 것에 대해서는 생각 안 해봤네요. 애 키우는 것이 힘들다는 말만 들어봤지 애 갖기가 이렇게 힘든 줄은 몰랐어요."

혜경이 타이레놀을 한 알 더 삼키며 말했다.

"저는 엄마가 열 달 동안 아기를 품고 있어서 모성애가 크다는 말도 못 믿겠어요. 누군가 여체와 분리되는 완벽한 인공자궁을 개발한다면 노벨의학상을 안겨줘야 해요. 인공자궁이 개발돼도 저는 매일 인공자궁이 보관된 곳에 방문해서 아기가 커가는 걸 보면서 아기와 대화를 나눌 거고 일도 열심히 할 거예요. 인공자궁을 통한 임신이 대중화된다면 낙태도 줄어들 거예요."

"그렇겠네요. 노벨의학상뿐인가요, 노벨평화상 받아야죠. 이거 하면서 남편하고 얼마나 싸우는지 몰라요."

혜경이 웃으며 물었다.

"맘카페는 어디 가입했어요?"

"맘마미아요."

"나도 맘마미아 가입했는데. 참, 저 고 샘 반으로 바꿨어요."

"정말요? 같은 반이네요."

두 사람은 이런 식의 대화를 주고받다가 헤어졌다. 문정이 먼저 명함을 건넸고 혜경은 명함을 안 가져왔다면서 자신이 명함에 적힌 문정의 인스타그램으로 찾아가겠다고 했다. 혜경은 이틀 뒤 정말로 문정의 인스타그램 계정을 팔로우했고 문정은 혜경을 맞팔하려다가 혜경이 변호사라는 것을 알게 되었다. 그것도 테헤란로에 위치한 대형 로펌의 이혼 전문 변호사. 로펌 홈페이지에 접속해 혜경의 프로필을 마우스 커서로 읽어내리던 문정은 혜경의 화려한 프로필에 감탄하며 입을 벌렸다. 알고 보니 중고등학교도 같은 지역에서 나왔고 나이도 동갑이었다. 건너 건너 친구의 친구에게 물어보니 혜경은 그 동네에서 꽤 유명한 수재였다. 소위 말하는 '엄친딸'이라고 할까. 공부, 운동, 외모 무엇 하나 빠지는 게 없어서 또래 친구들에게 질투의 대상이었던 모양이다. 문정은 노트북을 끄며 생각했다. 그럼 이 친구에겐 임신이 인생 최초의 난관이 되는 셈인가?

문정의 인생은 난관의 연속이었다. 엄마 말에 따르면 문정은 늦된 아이였다. 문정은 딱히 잘하는 것이 없는 학생이었다. 대학 입학도 쉽지 않았고 누구에게나 하나씩 있다는 재능이 자신에겐 없다고 생각했다. 따라서 저출산 시대에 자신이 난임 환자라는 것이 특별히 더욱 절망스러운 일은 아니었다. 문정은 이혼소송을 준비 중이던 사촌언니에게 혜경을 추천했고 언니와 함께 혜경이 일하는 로펌으로 찾아갔다. 문정은 남산타워 뷰를 자랑하는, 인테리어가 고급스러운 혜경의 사무실을 고개를 돌리지 않은 채로 구경하느라 눈이 빠질 뻔했다. 사촌언니의 이혼은 아이들을 위해 한 번 더 노력해보자는 이유로 중간에 무마되었지만 문정과 혜경은 자연스럽게 친해졌다.

첫 번째 시험관 시술에서 착상에 성공한 문정은 초음파로 아기집을 확인한 뒤 환호성을 지르며 혜경에게 은근하게 자랑하고 맘마미아에 성공후기를 올렸다.

사십대 첫 시험관 성공후기

글을 올리자마자 카페운영진으로부터 글을 '임신성
공맘' 게시판으로 옮겨달라는 쪽지가 날아왔다. 자유게
시판은 임신 준비 중인 회원들도 많이 보는데 자칫 자
랑하는 글로 보여 상처를 줄 수 있다고 했다. 문정은 한
방에 임신에 성공한 사람답게 즉시 글을 임신성공맘 게
시판으로 옮겼다. 그때만 해도 문정은 자신이 다시 '임
신준비맘' 게시판에 글을 올리는 신분으로 강등될 줄은
몰랐다.

문정은 임신을 기뻐할 새도 없이 입원하게 되었다.
생리대를 착용해야 할 정도로 적지 않은 양의 피가 흘
러나와 병원을 방문한 문정에게 고 선생은 절박유산기
가 있다면서 당장 입원하라고 했지만 문정은 이튿날 잡
지사 회의를 마친 뒤 입원했다.

4인실 병실 출입문에서 가장 가까운 침대에 짐을 부
린 문정은 먼저 여자들에게 다가가 말을 걸었다. 병실
안쪽, 문정의 침대와 수직으로 놓인 침대에 누운 여자
는 문정처럼 임신 초기 하혈로 입원했다고 했고, 대각
선 방향 창가의 침대에 누운 여자는 난자 채취를 한 뒤
복수가 차서 입원했다고 했다. 두 사람 모두 휴가를 냈
다고 했는데 병원에서 일을 할 작정인지 침대에 달린
환자용 식탁 위에 노트북을 올려놓은 상태였다. 문정은

방해가 되지 않게 자신의 자리로 돌아왔다. 문정의 시선은 자연스럽게 옆 침대로 향했다. 옆 침대 여자의 남편은 키가 크고 날씬한 꽃미남이었는데 아내가 그만 가라고 할 때까지 아내 곁을 지켰다. 아내의 투정을 받아주던 여자의 남편이 병실에서 나간 뒤에야 문정은 옆 침대 여자와 인사를 나눌 수 있었다. 문정이 이름을 밝히자 여자는 수줍어하며 이름을 알려줬다. 여자의 이름은 '한지은'이라고 했다. 문정이 절박유산기가 있어서 입원했다고 하자 지은은 자신은 고사난자로 인한 계류유산으로 아이를 잃었다고 했다.

"고사난자가 뭐예요?"

"자궁 내 착상은 되었지만 배아가 발달하지 않는 거래요. 심장 소리를 들으러 병원에 갔는데 아기집은 있지만 난황과 아기가 생기지 않았다는 거예요. 텅 빈 집인 거죠. 빈집. 어쨌든 집은 크게 잘 지어놨더라고요. 엄마 아빠가 집이 없는 걸 알고 아기가 집이라도 열심히 지은 건지……."

문정은 할 말을 찾다가 고개를 주억거렸다.

"이번이 두 번째 유산이에요. 첫 번째 유산도 계류유산이었어요. 그래도 그때는 아기 심장 소리도 들었고 팔다리도 봤어요."

지은은 입원한 김에 2~3일 더 있을 생각이라고 했다. 그녀는 남편이 사다준 귤과 바나나를 문정에게 건네주며 시험관을 할 때마다 지방에서 KTX를 타고 상경한다고 했다. 지방에서 올라와 아내에게 과일을 사다주고 가는 남편이라니. 문정은 아내가 입원한 것도 모르고 고향 선배의 상갓집에 가 있는 남편에게 부아가 치밀었다.

자정이 넘은 시각, 병실에는 키보드 자판 두드리는 소리만 들렸다. 문정도 침대에 누운 채로 배 위에 노트북을 올려놓고 글을 썼다. 문정이 병원에 입원한 것을 모르는 편집장은 얼른 인터뷰 원고를 보내라고 재촉했다. 문정은 카톡창에 손을 올리고 지금이라도 편집장에게 사실대로 말할까 생각하다가 손가락을 거뒀다. 유례없는 저출산 시대에 전통적인 가치에 매달리는 고리타분한 사람으로 인식될까봐 두려웠다. 무엇보다 업무에 지장을 주는 일이었다.

이튿날 아침, 문정은 고 선생에게 진료를 보러 갔다. 초음파 영상을 보던 고 선생의 얼굴이 어두워졌다.

"어디 갔지? 우리 전에 아기집 봤죠?"

"네, 봤어요. 사진도 주셨는데."

고 선생이 아랫입술을 내민 채로 바람을 불어 이마

위 머리카락을 날리며 말했다.

"이걸 어쩌나…… 아기집이 피에 휩쓸려간 것 같습니다. 수술할 필요는 없고, 하루 안정 취하고 내일 퇴원하셔도 되고 하루이틀 더 있으면서 쉬셔도 됩니다."

문정은 눈물을 삼키며 진료실에서 나왔다. 즉시 입원하라는 고 선생의 말을 듣지 않아서 유산한 것이 분명했다. 무리했기 때문일까. 아기는 문정이 일하는 동안 떠나간 것 같았다.

병실로 돌아온 문정이 지은에게 말했다.

"아기집이 휩쓸려갔대요."

그제야 눈에서 눈물이 쏟아졌다.

"어차피 잃을 아이라면 심장 소리를 듣기 전이 나아요. 더 자란 상태로 유산이 되면 소파수술을 해야 하는데 그 과정이 너무 끔찍해서 자기 자신을 찾기까지 시간이 오래 걸리거든요."

문정은 다른 사람에게 그런 말을 들었다면 상처 입었을 거라고 생각했다. 우리끼리니까 할 수 있는 위로였다. 어차피 떠나갈 아기라면 아기집이 생기기 전에, 심장 소리를 듣기 전에, 난황이 생기기 전에 떠나는 것이 나았다.

그날 저녁 문정은 식욕이 나지 않아 병원 밥을 물렸

다. 그러고는 환자복 차림으로 간호사들의 눈을 피해 지은과 함께 병원을 빠져나가, 편의점에서 주전부리를 사서 돌아와 텔레비전을 보면서 깔깔대며 먹었다. 누군가 봤다면 아기를 잃은 여자들 같지 않다고 했을 것이다.

정효를 만난 것도 그날 밤 병원에서였다. 복도에 놓인 벤치에 넋이 나간 듯 멍하니 앉아 있는 낯선 여자에게 지은이 먼저 다가갔다.

"괜찮으세요?"

문정은 답을 듣지 않아도 알 수 있었다. 그녀 역시 아이를 잃었다는 것을.

"10주 된 아이를 잃었어요. 11주 차에 병원에 갔더니 심정지가 되었다고……. 자연 배출이 된다면 직접 산에 묻어주고 싶었는데 아이가 그것도 허락하지 않더라고요. 자연 배출될 확률이 없다고 해서 소파수술을 했어요. 안에 남아 있으면 다음번 임신에 방해가 된다고 하더라고요. 2주만 더 견뎠다면…… 12주면 졸업하는 건데…… 나도 이제 엄마가 되는 줄 알았는데……."

정효가 애써 웃으며 덧붙였다.

"간호사 샘이 다음번엔 진짜 아기가 찾아올 거래요. 아기가 약해서 유산이 된 거래요. 유산할 때마다 그 소리를 하네요. 날 위로해준답시고 하는 말인 거 같은데 전혀 위로가 안 되네요."

너무 울어서 눈물샘이 말라버린 걸까. 문정은 정효가 울지 않고 담담하게 말해서 더 슬펐다. 문정은 자신의 배에 손을 올리며 생각했다. 내 아기도 가짜였을까.

문정이 맘카페에 유산했다는 글을 올렸을 때 누군가 위로하려는 듯 심장 소리도 못 듣고 아기집만 봤으니 세포덩어리일 뿐이라고, 진짜 임신이 아니니 어서 잊고 다음 임신을 준비하라는 댓글을 남겼다. 하지만 문정은 아기와 만났을 때의 느낌이 아직 생생했다. 아기집을 본 날 문정의 꿈에 아기가 찾아왔다. 문정과 남편을 닮은 아기가 장난기 어린 눈빛으로 문정을 쳐다봤다.

이튿날, 문정은 지은과 함께 병원 밖으로 나가 인근 상가를 뒤져 향을 구입했다. 그리고 정효의 1인용 병실로 이동했다. 세 사람은 그곳에서 향을 피워 아기들의 명복을 빌었다. 그러자 신기하게도 입맛이 돌며 밥이 입에 들어가기 시작했다. 아기가 떠나지 않고 곁에 머물러 있는 느낌이 조금씩 흐려졌다. 그렇게 문정은 '유산'을 고리로 지은과 정효를 만났다.

문정은 평소 반감을 갖고 있던 '질마재 신화'를 다시 쓰기로 했다. 질마재 신화에는 분명히 알려지지 않은 뒷이야기가 있을 것 같았다. 신랑은 자신이 선천적으로 생식 능력이 떨어진다는 것을 알고 신부가 임신하지 못할까 두려워 첫날밤에 달아나버렸다. 신부는 백년, 천년을 살아남아 다른 남자를 만났고 현대의학의 힘을 빌려 시험관 시술을 받았는데 아기를 기다리다가 애간장이 타서 재가 되어버렸다.(겁쟁이 신랑을 기다리다가 재가 되어버렸을 리가 있겠는가.) 귀여운 아기를 기다리다가 재처럼 부서져 날아가버린 엄마. 고통을 참고 시험관 시술을 받느라 맘고생을 해서 휙 불면 날아가버릴 듯 절망스러운 마음의 형태만으로 남아 있던 엄마는 공기 중에 산산이 흩어졌다. 아기도 알아주지 않은 마음, 까맣게 변해 재가 되어버린 마음…….

문정은 스스로 배에 주사를 놓고, 수면마취를 하고, 난자 채취와 배아 이식의 과정을 거친 뒤 임신, 비임신 판정을 받는 피검사 날의 좌절을 경험한 뒤 친구가 필요하다는 것을 깨달았다. 다소 감정적으로 말하고 행동해도 이해해주는, 간절히 아기를 기다리는 같은 처지의 친구들. 문정은 그녀들을 한 명씩 단톡방으로 초대했다. 단톡방 이름은 병원에 입원해 있을 때 지은, 정효와 나눴던 대화에서 힌트를 얻었다. 정효는 막 태어난 갓난아이를 배 위에 올려놓고 아기와 처음으로 눈을 맞추는 꿈을 꾼 적이 있다고 했고 지은은 유리벽을 사이에

두고 신생아실 앞에서 아기와 인사하는 상상을 자주 한다고 했다. 아가야, 안녕? 문정은 언젠가는 자신도 아기와 눈을 맞추고 인사할 날이 올 거라고 믿었다. 헬로, 베이비. 헬로, 마이 베이비.

그렇게 아기를 기다리는 예비맘들이 모여들었다. 문정은 때마침 한동네에서 자란 친구 동생 소라가 난자 냉동을 하기 위해 같은 병원에 다닌다는 것을 알고 단톡방에 초대했다. 소라는 혼자 오기가 어색했던지 역시 아기천사병원에 다니고 있던 자신의 친구 은하를 데려왔다. 문정처럼 이제 겨우 석 달 동안 난임병원에 다닌 신입생부터 정효처럼 10년 이상 다닌 장수생까지, 다양한 난임 경력을 소유한 예비맘들이 단톡방에 모였다. 여자들은 제법 단합이 잘되었다. 한 가지 공통점으로 뭉쳐 있었기 때문이다. 직업도 성격도 경제적 상황도 달랐지만 단톡방에서는 목을 빼고 아기를 기다리는 예비맘이었다. 병원에서는 '고령'이라고 부를, 난소 기능 저하로 임신이 힘든 부류로 분류되어 있을 35세 이상의 예비맘들. 발이 작아 아장아장 걷느라 천천히 온다는 아기를 기다리는.

38세 한지은

남편은 지은을 학원 승합차로 만종역까지 데려다주면서 함께 못 가서 미안하다고 했다. 남편이 해맑게 웃으며 말했다.

"이번엔 성공할 거 같아. 왠지 느낌이 그래."

지은은 운전석에 앉은 남편을 보며 생각했다. 이 사람은 나이를 먹지 않는 건가. 여전히 피부가 하얗고 깨끗했다. 중년의 나이에 배도 나오지 않은 날씬한 체형을 유지하고 있었다. 남편은 태권도 사범이었다. 체대에 다닐 때, 태권도 대회에 나가서 상을 탈 때 남편은 언제나 지은의 가슴을 두근거리게 하는 빛나는 존재였다. 지은은 태권도는 스포츠가 아니라 예술이라는 것을 남편을 통해 알았다. 무대 위에서 태권도 시범 공연을 하는 남편은 한 마리 나비 같았다. 태권도를 하는 것이 아니라 춤을 추는 것 같았다. 한 마리 나비가 지은이라는 꽃에 내려앉았으니 지은은 도망갈 수 없었다. 지은도 나비를 꽃잎으로 단단히 감싸 도망가지 못하게 가두었다. 결혼 생활은 빠듯했지만 지은은 남편의 잘생긴 얼굴과 아름다운 몸을 보면 금세 행복해졌다. 누가 상상이나 했겠는가. 이렇게 건강하고 멋진 남자가 무정자증일 거라고는.

차에서 내린 지은은 남편에게 손을 흔들어 인사한 뒤 역내로 들어갔다. 앞쪽에서 엄마 손을 잡고 걷던 여자아이가 앞으로 고꾸라졌다. 아이 엄마는 우는 아이를 빨리 일으켜 세워주지 않고 화를 내며 울지 말라고 했다. KTX에 올라탄 지은은 자리에 앉아 눈을 감고 고개를 뒤로 기댔다. 간밤에 잠을 설쳐서 그런지 열차 앞에서 들리는 아기 울음소리가 거슬렸다. 눈을 감아도 모든 곳에 어린아이가 있었다. 그리고 이상하게도 그 애들의 엄마는 아이를 귀찮아하는 것 같았다. 지은은 그 순간 처음으로 자신이 왜 아기를 갖고 싶은 걸까 생각했다. 즉답이 나오지 않았다. 그런 생각을 깊이 하지 않았다는 것이 신기할 정도였다. 갖고 싶은 건 그냥 갖고 싶은 거지 분명한 이유를 붙일 수 없었다. 목걸이를 갖고 싶고 차를 갖고 싶고 집을 갖고 싶은 것처럼 아기도 갖고 싶었다.

지은은 서른 살에 결혼했다. 처음 1년 동안은 신혼을 즐기기 위해 피임을 했다. 피임을 중단한 뒤에도 3년 동안 아이가 생기지 않자 지은은 농담조로 "우리 혹시 불임인가?" 하며 남편과 함께 동네 산부인과에 방문했다. 그때만 해도 지은은 혹시 문제가 있다면 자신에게 있을 거라고 생각했다. 각오했던 것인데도 지은은 생소한 진단명에 어안이 벙벙했다. 의사는 혹시 살이 갑자기 찌지 않았느냐면서 지은이 '다낭성난소증후군'이라고 했다. 의사가 질식초음파를 통해 지은의 난소를 보여주며 말했다.

"벌집 같죠?"

의사의 말대로 모니터로 보이는 난소에는 난포가 벌집처럼 빽빽이 들어차 있었다. 의사는 다낭성난소증후군은 호르몬 불균형으로 인해 난포가 제대로 배란되지 않아 벌집 형태의 난소 모양을 보인다고 했다. 또한 다낭성난소증후군의 경우 무배란 월경을 하기 때문에 임신 가능성이 낮을 수밖에 없다고 했다. 충격은 거기서 끝나지 않았다. 의사는 고뇌에 찬 얼굴로 남편의 정액검사 결과지를 들여다보며 말했다.

"정자가 하나도 안 보이네요. 무정자증이 의심됩니다. 비뇨기과에서 정밀검사를 받아보세요."

남편이 코웃음을 치며 말했다.

"말도 안 돼. 제가 무정자증이라고요?"

지은도 검사 결과가 잘못되었을 거라고 생각했다. 이렇게 건강한 남편이 무정자증이라니. 게다가 남편은 고환이 작지 않았다. 비뇨기과 전문의가 운영하는 유튜브 채널에서 주워들은 정보에 의하면 고환이 작고 사정할 때 정액이 묽은 경우 무정자증일 가능성이 크다고 했다. 하지만 흥분을 가라앉히고 다시 생각해보니 정액이 묽은 것 같긴 했다.

지은은 즉시 서울에서 가장 유명하다는 한경택 비뇨기과에 남편을 데려갔다. 남편이 병원을 둘러보며 말했다.

"생각보다 사람이 많네?"

지은은 속이 타들어가는데 남편은 자신과 처지가 비슷한 사람이 많다는 것에 위로를 받은 모양이었다. 남편은 대기석에 앉더니 스마트폰으로 웹툰을 보며 낄낄댔다.

의사는 남편이 '폐쇄성' 무정자증이라고 했다. 그나마 다행인 건 비폐쇄성 무정자증이 아니라는 것이었다. 폐쇄성 무정자증은 배출되는 관의 일부가 막혀 사정액에 정자가 안 나오는 것이지 정자가 생성되지 않는 것

은 아니었다. 의사는 고환에서 정자를 채취하면 된다고
했다. 남편은 놀라기도 했지만 자존심이 상한 모양이었
다. 평소 입버릇처럼 자신은 번식에 관심이 없다고, 입
양을 해도 상관없다고 했다. 이렇게 험한 세상에 물려
줄 재산도 없이 아이를 낳는 건 욕심인 것 같다고도 했
다. 하지만 말로만 그랬던 건지 남편은 정자를 채취하
는 날에 지은에게 알리지 않고 혼자 병원에 다녀왔다.
마취를 하고 고환을 찢어 정자를 채취하는 것은 꽤 아
프다던데 집에 와서도 엄살을 떨지 않았다. 그렇게 여
섯 통의 귀한 정자를 채취해서 동결했다.

다가온 주말, 남편은 집에 들러 왜 아직도 소식이 없
느냐며 지은을 닦달하던 홀시아버지에게 낄낄 웃으며
소식을 전했다.

"아버지, 글쎄 내가 무정자증이래."

그 순간 시아버지의 얼굴은 콘크리트처럼 굳었다.

"무정자증?"

"응. 아버지 아들 씨 없는 수박이래. 그러니까 지은이
한테 뭐라고 하지 마."

시아버지는 얼굴이 붉으락푸르락하더니 속이 안 좋
다며 집으로 돌아갔다. 그날 지은은 맘카페에서 본, 무
정자증 남편이 난임의 원인을 시댁에 솔직히 밝히지 않

아서 속상하다는 내용의 글을 떠올리며 다시 남편에 대한 사랑이 조금씩 타오르는 것을 느꼈다.

지은은 품이 들어도 서울에 있는 병원에 다니기로 했다. 지은은 동네 산부인과와 한경택 비뇨기과에서 발급받은 검사지를 들고 남편과 함께 최고의 임신 성공률을 자랑한다는 아기천사병원에 방문했다. 지은은 고민 없이 유튜버로도 유명한 손영수 선생을 택했다. 원주에서 서울까지 KTX를 타고 오려면 자꾸 보고 싶어지는 호감형 선생이라야 했다.

그는 지은의 기대를 저버리지 않았다. 지은을 만나자마자 웃음을 안겨줬다.

"무슨 안 좋은 일 있으세요? 지구가 멸망한 표정입니다."

"점수가 좋지 않아서요. 다낭성에 무정자증인 줄도 모르고 배란테스트기를 사용해 자연임신 시도를 몇 번 해봤는데 피검사 수치가 항상 0점이었어요."

지은은 임신테스트기에 한 줄이 뜬 것을 눈으로 보고서도 믿지 못하고, 병원에 달려가 피검사 수치를 확인하고서야 임신 실패를 받아들이곤 했다.

"점수야 올리면 되죠. 어차피 찍는 거니까 너무 심각해지지 마세요. 3분 남겨놓고 문제 풀면 안 되잖아요."

그가 손에 든 볼펜을 쥐고 종이에 칠하는 시늉을 하며 말했다.

"잽싸게 오엠알 답안지에 마킹해야죠. 엄마가 행복해야 아기가 빨리 와요. 파이팅입니다!"

그와 대면한 것만으로도 기분이 좋아졌다. 어차피 찍는 거라고? 임신은 신의 영역이니 마음을 편히 가지라는 뜻이었을 거다.

"저만 믿고 따라오시면 됩니다. 지난달에도 우리 반 학생 중에 다낭성인데 무정자증 남편과 쌍둥이를 임신해서 12주를 채워 무사히 졸업한 분이 있었습니다."

환자가 아니라 학생이라니. 지은은 영수 샘이 단번에 맘에 들었다. 지은도 영수 샘 반에서 난임병원을 무사히 졸업하고 상급학교인 산부인과 병원으로 옮겨가고 싶었다. 영수 샘은 당장 시험관을 시작하자고 했고 난자 채취를 하기 전에 비뇨기과에 있는 냉동 정자를 이관해오라고 했다.

냉동 정자 이관은 생각보다 절차가 복잡했다. 돈을 내면 병원에서 퀵서비스라도 불러서 옮겨주는 줄 알았는데 이관을 할 수 있는 사람은 부부뿐이며 직접 옮겨갈 병원에서 질소탱크를 대여한 다음 비뇨기과로 이동해 질소탱크에 냉동 정자를 받아서 다시 옮겨와야 했다.

지은은 남편이 쉬는 월요일에 홀로 서울로 향했다. 남편은 쉬는 날도 반납하고 대학 선배가 운영하는 식당에서 서빙 아르바이트를 하고 있어서 어쩔 수 없었다. 출산에 대비해 아르바이트를 하는 것인데 소득이 잡히면 시험관 시술비를 지원받을 수 없으므로 선배에게 부탁해서 알바비를 현금으로 받았다. 시술비를 일부 지원받는다고 해도 여전히 지은 부부에겐 큰 금액이었다. 지은은 7개월 무이자 할부가 가능한 신용카드를 발급받아 병원에 다녔다.

아기천사병원에 도착한 지은의 눈에 가장 먼저 들어온 건 검은색 포대에 든 커다란 질소탱크였다. 담당자는 자물쇠로 뚜껑을 잠근 커다란 질소탱크를 접이식 핸드카트 위에 얹은 뒤 포대 위에 달린 끈을 당겨 여미며 말했다.

"지하철 이용하시는 분들도 많거든요. 질소탱크 들고 타기 창피하다고 하셔서요. 탱크가 넘어지면 안 돼요. 조심히 다녀오세요."

택시로 이동할 계획이었지만 지은은 지하철을 이용하기로 했다. 비뇨기과까지는 30분 정도 걸렸고 지하철이 붐빌 시간도 아니었다. 지은은 무거운 질소탱크를 끌며 조심조심 걸었다. 지하철에서도 엘리베이터를 이용해 움직임을 최소화했다. 승객들은 호기심 어린 눈으로 지은의 포대를 쳐다봤다.

한경택 비뇨기과에 도착한 뒤 질소탱크를 전달하자 담당자는 자물쇠를 풀어 탱크 뚜껑을 열고 냉동 정자를 넣어줬다. 돌아오는 길은 한층 불안했다. 더운 날씨에 냉동 정자가 녹으면 어쩌나 싶어 안절부절못했고 울퉁불퉁한 땅을 지날 때는 가슴이 철렁했다. 살금살금 걷고 팔에 힘을 잔뜩 준 탓에 근육이 팽팽하게 긴장됐다. 지은은 넘어질세라 가슴 졸이며 간절한 소망이라도 나르듯 냉동 정자가 든 질소탱크를 옮겼다.

지은은 다시 지하철에 올랐다. 유치원복을 입은 남자아이 둘이 지하철 안에서 쫓고 쫓기는 추격전을 벌이고 있었다. 아이들 엄마는 육아에 지친 듯 아무런 제지도 하지 않고 핸드폰을 들여다보고 있었다. 그 아이들은 결국 지은의 곁까지 왔고 하마터면 질소탱크에 부딪힐 뻔했다. 지은은 손을 내저으며 아이들에게 저리 가서 놀라고 말했다. 그제야 아이들 엄마는 아이들에게 다가와 말했다.

"왜 애들한테 소리를 지르세요?"

지은은 지하철에서 내린 뒤 질소탱크를 어루만지며 중얼거렸다.

"자기 애만 귀한 줄 알지."

지은은 지하철역 출구로 나와 아기천사병원까지 이어진 오르막길을 올랐다. 경사가 완만한데도 날이 더워 이마에 땀이 흘렀다. 그러고 보니 식사도 하지 못했다. 지은은 현기증이 나면서 저 멀리 보이는 아기의 얼굴이 굴절돼 보였다. 다가가서 보니 아빠 품에 안긴 귀여운 아기였다. 지은은 아기를 지나쳐 병원 안으로 들어가 냉동 정자가 든 질소탱크를 전달했다.

녹초가 되어 집에 돌아온 지은은 샤워를 마친 뒤 소파에 누워 영수 샘의 유튜브 라이브 방송이 시작되길 기다렸다. 드디어 영수 샘이 자신의 집 침실에서 파자마 바람으로 등장했다.

"안녕하세요. 여러분의 난임 전문의, 친절한 영수 샘입니다."

지은은 부드럽고 감미로운 그의 목소리만으로도 기분이 좋아졌다.

— 정자 채취 전에 며칠간 금욕해야 한다던데 남편이 자꾸 의사 샘 말을 안 들어요. 금욕기간 어떻게 지켜요? 선생님의 경험을 토대로 말씀해주세요.

— 담당 샘이 숙제를 내주셨는데 즐겁게 숙제하는 법 좀 알려주세요~

채팅창에 올라온 여자들의 짓궂은 질문에 영수 샘의 얼굴이 붉어졌다. 능청맞은 영수 샘이었기에 당황하는 모습이 신선하기까지 했다. 단톡방에 문정의 톡이 올라왔다.

—지금 영수 샘 귀 빨개진 거 봤어? 꺅 귀여워!

영수 샘은 그윽한 눈빛으로 지은과 눈을 맞추며 말했다.

"여러분, 이번 달에는 꼭 건강한 아기 만나세요. 친절한 영수 샘은 이제 자러 갑니다."

지은은 이듬해 아기천사병원에서 받은 두 번째 시험관 시술에 성공해서 기뻐했지만 9주에 접어들었을 때 불길한 기분에 휩싸였다. 이튿날 아기천사병원에 예약이 잡혀 있었지만 그날 바로 동네 산부인과로 가서 검진을 받았고 계류유산이 되었다는 말에 아연실색했다. 의사는 심장이 뛰지 않는다면서 아이가 2~3일 전에 죽은 것 같다고 했다. 지은은 믿을 수 없었다. 쿵더쿵 신명나게 울리던 아기의 심장 소리와 눈에 담기에도 아까운 귀여운 팔다리가 지은의 속눈썹 밑에서 눈부시게 사물거렸다. 죽은 아이가 팔다리를 늘어뜨린 채로 자궁 안에서 2~3일 동안 돌아다녔다고 생각하자 지은은 명치가 아팠다. 누군가 가느다란 바늘로 계속해서 자신의 명치를 찌르는 것 같았다. 지은은 이틀 뒤로 수술 날짜를 잡고 집으로 돌아왔다. 그리고 웅크린 채로 배 속의 아기와 함께 침대에 가만히 누워 있었다. 이튿날 지은은 아무 일 없다는 듯이 배 속에 죽은 아이를 품고 출근해 일을 마친 뒤 집에 돌아오는 길에 몇 번이나 길가에 멈춰 서서 눈물을 훔쳤다.

지은은 소파수술을 받고 하루 쉰 다음 출근했다. 회사 사람들은 지은이 임신했다는 것도, 유산했다는 사실도 모르니 태연하게 행동해야 했다. 그날은 사내게시판이 시끄러웠다. 회사에 난임휴가를 사용하는 선배가 있었는데 사내 익명게시판에 그녀를 저격하는 듯한 글이 올라왔다.

3년째 난임병원 다니는 그분

지은은 반사적으로 제목을 클릭했다.

나중에 출산휴가 육아휴직까지 다 쓰고 퇴직금 받으며 그만두겠지? 애 낳은 게 무슨 벼슬이라고. 진짜 여자의 수치다.

그 글에 달린 댓글들을 읽은 지은은 자신이 저격당한 것처럼 수치스러웠다.

—도태 정자 휠체어 태워서 꼭 번식시켜야 하냐. 그냥 도태되게 두라고.

—3년 내내 시험관 한다고 툭하면 자리 비워, 이식한 다음엔 안정 취해야 한다고 출장도 안 가. 애 낳기도 전에 저 지랄이니 애 들어서면 큰일 날 듯.

—집에 가서 지 남편을 잡지 왜 회사에 피해 끼치냐. 자기들 번식하는데 왜 미혼 여성을 희생시키냐고. 줌마 되면 다 저렇게 뻔뻔해지는 거냐.

—너도 나중에 애 낳을 거 아니냐. 아줌마, 안 낳을 거거든요.

지은의 회사는 여초 회사였고 기혼자도 많았지만 출산을 하려는 사람은 많지 않았다. 지은은 자신의 상사인 강 과장을 물끄러미 쳐다봤다. 그는 성격 좋고 유능해서 직원들에게 인기가 많았다. 지은은 한 번도 만나본 적 없는 그의 아내가 걱정되었다. 최근에 둘째를 낳았다는데 회사에서 동료들의 눈치를 보고 있을지도 몰랐다.

결국 지은은 회사를 그만두기로 했다. 회사에 다니면서 난임치료를 받는 것은 무리였다. 주위 시선 때문에 난임휴가는 사용할 엄두도 낼 수 없었다. 지은은 난자 채취나 배아 이식을 하는 날이면 그럴듯한 핑계를 만들어 월차를 내곤 했다. 난임휴가는커녕 임신 준비 중이란 말조차 회사 사람 어느 누구에게도 하지 못했다. 지은은 회사를 그만두는 날까지도 익명게시판에서 저격당한 선배에게 위로의 말 한마디 건네지 못했다.

시술실에서 침대에 실려 나오는 여자는 배아가 찍힌 폴라로이드 사진을 들여다보느라 여념이 없었다. 여자의 침대가 빠져나온 뒤 지은의 침대가 안으로 밀려들어갔다.

영수 샘이 지은을 내려다보며 말했다.

"냉동 배아 두 개 이식하겠습니다."

지은은 무릎을 세운 채로 다리를 벌려 배아를 받을 준비를 했다. 난임인 부모 때문에 태어나기도 전에 얼렸다가 해동되는 시련을 겪었다고 생각하자 아이들에게 미안한 마음이 들면서 가슴이 뭉클해졌다. 질경을 삽입할 때 지은은 길게 호흡하면서도 몸을 움직이지 않으려고 애썼다. 곧이어 카테터를 삽입하는 게 느껴졌다. 영수 샘이 이식을 마친 뒤 모니터를 보여주며 말했다.

"잘 들어갔죠?"

모니터에 보이는 배아는 작은 점일 뿐이었다. 하지만 지은의 눈에는 분명히 보였다. 작은 점 두 개가 자신의 존재를 알리려는 듯 깜박이며 몸을 흔드는 것이. 지은의 눈에서 눈물이 한 방울 떨어졌다.

"지은 님, 울지 마세요. 이제 곧 엄마 되실 건데."

지은은 그동안 자신을 격려해준 간호사를 향해 웃으며 눈물을 닦았다. 지독하게 아픈 주삿바늘을 참고 견딘 시간들이 스쳐지나가며 감정이 격해졌다. 영수 샘이 배아 사진을 지은에게 건네며 말했다.

"배아 상태 괜찮아요. 꼭 잘되길 바랍니다. 파이팅!"

지은은 뚫어져라 사진을 쳐다봤다. 하나는 감자 배아, 하나는 눈사람 배아였다. 두 개의 동그라미가 붙어 있는, 눈사람을 닮은 배아가 마치 할 말이 있는 것처럼 지은을 마주 봤다. 지은이 상체를 일으키며 물었다.

"정말 잘될까요, 선생님?"

"지금부턴 아이들이 하는 거죠. 엄마가 할 수 있는 건 없습니다. 응원하는 것밖엔요."

영수 샘의 말이 끝나기가 무섭게 간호사가 지은의 침대를 잡아끌었다. 영수 샘의 말 때문인지 몽글몽글 귀여운 모습의 배아들이 자신을 향해 웃는 것 같았다. 지은은 침대가 움직이며 내는 바퀴 소리를 들으며 손가락으로 사진 속 배아들을 쓰다듬었다.

다시 대기실로 돌아왔을 때 간호사가 지은의 배아 사진을 들여다보며 말했다.

"눈사람 배아네요."

간호사는 손가락으로 오른쪽 동그라미의 가장자리를 가리키며 말했다.

"이게 투명대예요. 투명대를 통과하려 하고 있어요. 이제 곧 껍질 까고 나올 거예요."

"상급이에요, 중급이에요?"

간호사가 손가락을 입술에 대며 작게 말했다.

"아이들이 들어요. 하나는 중급, 하나는 하급이래요."

지은은 자신의 입을 손으로 막으며 고개를 끄덕였다. 생각해보니 아이들에게 미안했다. 태어나기도 전에 등급을 매기다니.

간호사는 지은의 팔오금 정맥에 바늘을 연결해 수액 주사인 리포푼딘엠씨티, 일명 '콩 주사'를 연결하며 다 맞으려면 한 시간 정도 걸릴 거라고 했다. 간호사가 커튼 밖으로 나간 뒤 지은은 누워 있던 방향을 바꿔 엉덩이를 벽에 붙이고 다리를 들어올렸다. 열 번의 시도 끝에 시험관에 성공했다는 맘카페 회원에게 전해들은 성공 비법이었다. 좀 민망하지만 임신이 된다면야. 지은은 배에 힘이 들어가지 않게 심호흡을 하며 다리를 올린 자세를 유지했다.

지은은 핸드폰 카메라로 배아 사진을 찍어 남편에게 보냈다.

—예쁘지?

20분이 지나서야 답문이 왔다.

—동그라미네.

동그라미라니. 어쩜 저리 감수성이 메말랐을까. 지은의 눈에는 흩날리는 눈송이 같기도 했고 사연을 가득 품은 물방울 같기도 했다.

—다시 잘 봐봐. 그동안 봤던 애들하고 뭔가 다르지 않아?

남편은 한참 뒤 톡을 보내왔다.

—냉동 배아라서 그런가. 좀 더 군기가 잡힌 것 같아.

언제는 냉동 배아가 아닌 적이 있었던가. 지은은 신선 배아를 이식한 적이 없었다. 다낭성난소증후군 때문에 채취할 때마다 여러 개의 난자가 채취되어 난소가 붓는 바람에 다른 여자들처럼 사나흘이 지나 바로 이식하지 못하고 냉동한 다음 한 달 뒤에야 이식할 수 있었다.

―그러고 보니 자기 닮은 거 같아.

―정말?

―응. 귀엽고 사랑스러워.

―내가 보기엔 오빠 닮았어. 벌써부터 건들거리는 게 운동신경이 좋은 거 같아.

지은은 배아를 보며 이런 대화를 나누는 것을 누가 보면 뭐라고 할까 생각하면서도 이 순간이 지난한 시험관 과정에서 부부가 웃을 수 있는 몇 안 되는 순간이라고 생각했다. 두 사람만 아는, 생명 이전의 단계에 있는 신비롭고 사랑스러운 '무엇'에 대해 이야기하는 소중한 시간이었다.

지난겨울에는 채취한 스물다섯 개의 난자 중에 열세 개가 수정되었다. 난소가 많이 부어서 바로 이식할 수 없는 상태였으므로 수정란을 바로 동결해 세 개의 냉동 배아를 얻었다. 열세 개의 수정란 중 겨우 세 개의 배아가 버텨준 것이다. 고생은 고생대로 하고서도 결과는 만족스럽지 못했다. 그렇게 힘들게 얻은 냉동 배아 세 개 중 두 개를 오늘 이식한 것이다.

―이름 지어줘.

―냉둥이?

―냉둥이가 뭐야? 곱둥이도 아니고.

—냉동 배아잖아.

　—진지하게 지어봐.

　—찐득하게 붙어 있으라고 찐드기.

　지은은 한숨을 내쉰 뒤 톡을 보냈다.

　—찰떡이 어때? 자궁벽에 찰떡같이 붙어 있으라고. 두 개니까 찰떡이 원, 찰떡이 투.

　배아 이식을 할 때마다 벌어지는 일이었다. 지은은 이름을 지어달라고 했고 남편은 귀찮아했다. 남편이 성의 없이 짓는 이름은 늘 지은의 마음에 들지 않았고 결국엔 지은이 다시 지어야 했다. 그런데 이번에 성공하면 남은 배아 하나는 폐기해야 할까. 지은은 왠지 찝찝했다. 지은은 배아를 폐기하는 것이 꺼려져 계획에 없던 둘째 생각을 하고 있었다. 남편은 아이는 하나로 충분하다고 했지만 3년 뒤에 둘째를 낳을 때 사용하면 어떨까 싶었다.

　지은은 고모 집에서 자랐다. 지은이 여섯 살 때 아버지는 사고로, 2년 뒤 어머니는 병으로 돌아가셨다. 고모는 지은의 엄마가 살아생전에 지은을 가졌을 때의 이야기를 자주 했다고 했다. 엄마는 어느 날 갑자기 밥 냄새가 역하게 느껴져 병원에 갔고 임신했다는 것을 알았다. 엄마는 퇴근 시간에 맞춰 회사 앞에서 아빠를 기다렸고, 임신 소식을 전했다. 아빠는 그 자리에서 뛰어오르며 환호성을 질렀다. 지은이 발길질을 자주 하는 편이었기 때문에 엄마는 하루라도 태동이 없으면 불안에 떨었다.

고모에게 전해들은 이 단순한 이야기를 지은은 여러 번 반복해서 상상했다. 지은은 자신의 아이에게 좀 더 풍부한 이야기를 들려줄 수 있을 것 같았다. 이를테면 이런 이야기를.

"너의 첫 모습이었던 배아를 엄마 몸에 이식한 날은 투명하게 맑은 날이었어. 가느다란 관을 통해 너는 엄마 자궁으로 들어왔단다. 모니터에서 흰색 점처럼 보이는 네가 반짝였는데 엄마에겐 네가 윙크를 하는 것처럼 보였어. 의사선생님이 너의 배아 모습이 찍힌 폴라로이드 사진을 건네주셨어. 너는 얼른 태어나고 싶었는지 눈사람 배아의 모습으로 투명대를 통과하고 있었지. 하지만 중급배아인데다 선생님 표정도 밝지 않아서 크게 기대하진 않았어. 이식하고 8일째 되던 날이었나? 역시나 아무런 증상이 없는 거야. 이전에 받았던 시험관 시술에서는 늘 증상이 있었는데. 와이존 부근에서 콕콕, 콕콕콕 하면서 자신의 존재를 알린다든가, 500원짜리 동전만 한 분홍빛 착상혈로 무사히 자리잡았다고 알려준다든가. 물론 그러고도 결국엔 화학적 유산이나 계류 유산으로 끝나버렸지만. 이번엔 그마저도 없으니 완전히 실패구나 생각하고 눈물을 쏟았어. 그런데 피검사하는 날 의사 선생님이 환하게 웃으며 손을 내미시는 거야. 임신입니다. 축하합니다. 넌 조용히, 소리소문도 없이 엄마한테 와준 거야. 그리고 한 달쯤 지나 입덧이 시작되었는데…….”

지은은 자신의 엄마보다 조금 일찍 아이와 만난 것이다. 지은은 더 이상 올리고 있기 힘든 다리를 천천히 아래로 내렸다. 그 순간 헬로 베이비 단톡방에 낯익은 얼굴이 떠올랐다.

37세 윤소라

화장실 문을 세차게 열고 들어간 소라는 변기에 걸터 앉았다. 스케일링을 예약한 견주가 오려면 10분이 남아 있었다. 화장실에서 나가려는 순간 카톡 알림이 울렸다. 주머니에서 핸드폰을 꺼내 잠금을 해제한 순간 정효가 보낸 메시지가 보였다. 소라는 밀려 있는 톡을 확인한 뒤 축하 문자를 보냈다.

— 대박. 정효 언니 마흔여섯에 자연임신으로 아기를 낳았다는 거야? 언니 축하해!

소라는 정효가 직접 쑨 전복죽 맛이 떠오르며 눈시울이 뜨거워졌다. 그 순간 핸드폰이 울리며 수의테크니션 현주의 목소리가 들려왔다.

"원장님, 응급환자요!"

소라는 일하는 동안 정효를 떠올릴 새도 없이 바빴다. 교통사고를 당한 개가 실려 들어왔고 중성화수술도 평소보다 많았다. 직원들이 모두 퇴근하고 텅 빈 병원에 홀로 남겨진 소라는 다리를 주무르며 물을 마셨다. 그제야 시험관 시술을 그만둔 정효가 어떻게 아기를 낳은 건지 궁금해지기 시작했다. 소라는 정효가 보고 싶었다. 정효 언니에게 할 말이 산더미처럼 쌓여 있었다. 소라는 한 시간 뒤에 정효를 만난다는 생각에 설레면서도 1년 동안 연락 한 번 없었던 정효에게 어쩔 수 없이 서운한 마음이 들었다.

소라는 수술실 거울에 비친 자신과 눈을 맞추며 파이팅을 외쳤다. 이제 소라가 할 수 있는 건 다 했다. 소라는 2년에 걸쳐 다섯 번의 난자 채취를 통해 넉넉히 52개의 난자를 냉동했다. 힘든 여정이었지만 보험을 든 것처럼 든든했다. 이제 냉동해둔 난자와 만나게 할 정자만 구하면 된다.

소라가 처음 난자 냉동에 관심을 갖게 된 것은 3년 전이었다. 우습게도 구남친과 헤어지기도 전이었다. 결혼한 친구들이 난임병원에 다니는 것을 보면서 소라는 결혼이 늦어지는 것에 대해 내심 걱정이 됐고, 틈틈이 미혼 여성의 난자 냉동에 대해 검색해봤다. 당연히 성사될 거라고 생각했던 구남친과의 결혼은 이런저런 이유로 미뤄지고 있었다.

그의 마음이 식었다는 것은 진즉에 알았다. 마음이 식은 것은 소라도 마찬가지였다. 그런데도 소라가 그와의 관계를 쉽게 끊지 못한 것은 '임신' 때문이었다. 소라는 결혼을 더 미루면 아이를 낳을 수 없을지도 모른다는 생각을 은연중에 하고 있었다. 그런데 난자의 나이를 멈추게 할 수 있다고? 지금의 내 난자를 박제해둘 수 있다고? 소라는 할 수만 있다면 임신을 5년 정도 미루고 싶었다. 동물병원이 자리를 잡으려면 시간이 필요했다. 소라는 톡으로 구남친에게 이별을 통보한 뒤 그동안 준비한 '난자 냉동 프로젝트'를 실행해나갔다. 우선 상담을 받으러 아기천사병원을 찾아갔다.

초진 접수를 마치자 작은 부스에서 나온 간호사가 소라의 이름을 불렀다.

"남편분 말고 아내분만 잠시 안으로 들어오세요."

소라가 혼자 온 것을 모르는 간호사는 이 설문조사는 남편에게도 공개되지 않는다면서 종이를 내밀며 표시하라고 했다. 설문지에 나온 여러 가지 항목 중에는 유산 경험이 있는지, 낙태(인공 유산) 경험이 있는지를 묻는 항목이 있었다. 소라는 낙태를 한 적이 있느냐는 질문에 당당히 'YES'에 동그라미 표시를 했다. 미프진으로 5주의 태아를 낙태한 것까지 포함하면 두 번이었다.

어떤 선생과 상담하겠느냐는 질문에 소라는 가장 젊은 여자 선생인 신자영 선생을 택했다. 미혼 여성의 난자 냉동에 대해 좀 더 긍정적으로 생각하지 않을까 싶어서였다. 하지만 그날이 하필 신자영 선생의 휴무일이었으므로 다른 여선생인 나예란 선생의 진료를 받기로 했다. 대기석에 앉아 기다리는 동안 맘카페에 들어가 검색해본 결과 나예란 선생은 결혼하지도 않았고 아이를 낳은 적도 없었다. 심각한 일 중독자라는 댓글도 보였다. 나 선생은 극난저 전문으로 유명했다. 다른 의사들이 가능성이 희박하다며 돌려보낸 극난저 환자들도 나 선생의 진료를 받아 임신한 케이스가 많은 모양이었다.

소라는 이름이 호명되자 헛기침을 한 뒤 진료실 안으로 들어갔다. 쇼트커트가 잘 어울리는 나 선생은 소라의 이모뻘로 보였다. 이모라면 난자 냉동을 할 시간에 선이라도 한 번 더 보라고 할 것이었으므로 소라는 다소 긴장한 채로 말했다.

"미혼이지만 난자 냉동을 하고 싶어요."

나 선생은 난자 냉동 보관 과정에 대해 담담히 설명했다.

"난자 냉동은 난소 기능이 저하되기 전에 미리 건강한 난자를 동결, 보존하는 것입니다. 나중에 원하는 시기에 동결해놓은 난자로 임신을 시도하면 보다 높은 임신율을 기대할 수 있어요. 과배란 주사를 투여하고 난자가 충분히 성숙되면 수면마취로 채취를 합니다. 미혼이니까 이식 과정 없이 성숙 난자를 바로 동결하죠. 200도 가까운 액체질소에 급속 냉동시켜 보관해요. 가격은 300만 원 정도 든다고 생각하면 돼요."

"마흔 살, 아니 마흔두 살에 지금 냉동한 난자로 임신해도 될까요? 제가 지금은 일에 집중해야 할 때라서요."

"물론 당분간 시간을 벌어줄 수 있어요. 하지만 냉동했다고 해서 무한정 시간을 연장하는 건 좋지 않아요. 여성의 가임력은 서른다섯 살을 기점으로 떨어지니까요."

소라는 집요하리만치 많은 질문을 했다. 그 모든 질문에 나 선생은 충실히 답해주었다. 나 선생은 몇 가지 영양제를 추천하며 다음번 생리가 시작되는 3일째 되는 날에 내원하라고 했다.

1층 대기석에 앉아 수납 순서를 기다리던 소라 앞으로 한 인부가 커다란 통을 끌며 지나갔다. 그 통에는 '액화질소'라고 쓰여 있었다. 소라는 눈으로 통을 좇으며 생각했다. 저 안에 너무 오래 들어가 있지 않게 해야 할 텐데.

상견례 날이 되어서도 소라는 부모님께 구남친과 헤어졌다고 말하지 못했다. 엄마가 상심할 생각을 하니 입이 떨어지지 않았다. 소라는 어쩔 수 없이 부모님이 기다리고 있는 한정식집으로 들어갔다.

사돈에게 밀리지 않으려는 듯 머리를 부풀리고 곱게 화장을 한 엄마가 소라를 반기며 말했다.

"왜 혼자 와? 오고 있는 중이래? 퇴근 시간대라 차가 막히나보네."

엄마의 건너편에 앉은 소라가 벨을 눌러 종업원을 호출하자 아빠가 말했다.

"아직 배 안 고파. 좀 더 기다리자."

미닫이문을 열고 들어온 종업원에게 소라가 말했다.

"3인분만 주세요."

"여섯 명이라고 하지 않으셨어요?"

"파혼했어요. 3인분만 주세요."

종업원이 멋쩍어하며 나가자 부모님의 눈은 안쓰러울 정도로 커졌다. 소라는 담담히 말했다.

"우리 지난달에 헤어졌어."

엄마는 사레가 들렸는지 캑캑거리다가 물을 마시며 말했다.

"무슨 소리야? 왜 헤어져? 돈 때문에? 집 장만하기 힘들면 장인어른이 보태주신다고 해. 사회생활 한 지 얼마나 됐다고 남자가 집을 해 오니."

소라는 아무렇지도 않은 듯 연이어 들어오는 음식을 차례로 먹었다. 소문대로 훌륭한 음식점이었다. 상큼한 소스를 뿌린 샐러드와 견과류가 들어간 보쌈김치, 재료의 색상이 잘 어우러진 칠절판, 입안에서 부드럽게 녹는 메로구이, 입맛을 돋우는 전복구이, 쫄깃하고 매콤한 장어양념구이 등 모든 음식이 만족스러웠다. 난자의 질을 좋아지게 하는 데 도움이 될 것 같았다. 엄마가 물잔을 세게 내려놓으며 말했다.

"헤어질 거면 진즉에 헤어지지 8년이나 질질 끌다가 헤어지자고? 내가 두고 볼 거야. 그 자식 얼마나 잘 사는지."

아빠가 애써 웃으며 말했다.

"아니 당신 왜 그런 식으로 말해? 꼭 소라가 결혼 못할 것처럼 말하네. 억지로 결혼 성사시켜서 이혼하는 것보다 백번 낫지."

엄마는 손으로 부채질을 하며 말했다.

"나이가 세 살만 어려도 안 이래. 지금부터 신랑감을 찾아서 아이는 언제 낳아?"

소라가 엄마 앞에 놓인 장어구이를 가져와 먹으며 말

했다.

"엄마, 그건 걱정 마. 내 나이는 멈췄으니까. 더 이상 안 늙어."

소라는 이제 나이 얘기라면 지겨웠다.

"산삼이라도 먹었니?"

"지금부터 천천히 찾아서 5년 뒤쯤 결혼하고 아이도 낳을 거야."

"5년 뒤에 네가 몇 살인 줄 알고나 하는 소리야? 네 언니도 결혼을 늦게 해서 아이를 어렵게 가졌잖아."

엄마는 소라의 그릇을 빼앗으며 말했다.

"왜 이리 많이 먹어? 임신이라도 한 것처럼 먹네."

소라는 엄마와 눈을 맞추며 웃었다. 나 선생이 식사는 임신한 것처럼 하라고 했다. 임신했다고 생각하고 골고루, 가리지 말고. 난자 냉동에 관심이 쏠려 있어서 파투가 난 상견례 자리도 견딜 만했다. 신랑 측 좌석이 비어 있는 상견례 자리에 나온 음식은 소라의 '난자 냉동 프로젝트'를 위해 쓰였다.

첫 번째 난자 채취를 마친 소라는 문정을 만나 식사를 하고 카페에 들렀다. 소라는 커피를 마시며 대수롭지 않게 말했다.

"언니, 나 사실은 난자 냉동 때문에 아기천사병원 다니고 있어. 3일 전에 채취했어."

친언니인 유라에게도 아직 하지 못한 이야기였다. 간단히 지난 일들을 브리핑하자 문정은 호들갑을 떨며 서운해했다.

"벌써 채취했다고? 잘했어. 근데 너 어쩜 나한테 한마디도 안 했어? 말했으면 채취할 때 같이 갔을 텐데. 다음엔 같이 가자."

문정은 슈퍼에 생리대를 사러 가자고 하는 것처럼 말했다. 그러고 보니 소라가 첫 생리를 했을 때 함께 슈퍼에 가서 생리대를 사준 사람도 문정이었다.

"몇 번 더 할 거니까 오든가."

소라와 문정은 어려서부터 함께 자랐다. 고등학교 동창인 엄마들은 한동네에 살았고 비슷한 시기에 유라와 문정을 낳으면서 더 친해졌다. 소라의 아빠는 중동 건설 붐이 일었을 때 사우디아라비아 건설 현장에서 일하게 되면서, 공기업에 다녔던 문정의 아빠는 순환 근무 때문에 지방으로 발령이 나면서 엄마들은 남편 없이 아이들을 키우게 되었다. 소라의 어린 시절은 따뜻한 기억으로 가득했다. 그때의 기억이 지금의 소라를 지탱하고 있다고 해도 과언이 아니었다.

그날 문정의 핸드폰에는 카톡 알림이 자주 떴다. 누구하고 그렇게 이야기를 하느냐고 물었더니 문정은 같은 병원에 다니는 예비맘들과 단톡방을 만들었다면서 정기적으로 만나 정보를 나누고 스트레스도 푼다고 했다.

"너 당장 헬로 베이비에 들어와. 글쓰기 모임에 들어가면 작가가 되고 산악회에 가면 정상 정복을 하지. 시간문제일 뿐 헬로 베이비에 들어오면 아기가 생겨."

"남자가 없어도?"

문정은 특유의 장난기 어린 표정으로 말했다.

"글쎄? 모임에 들어오면 언니들이 알려줄 거야. 남자 없이도 아기 갖는 방법을."

"동정녀 마리아처럼?"

문정이 웃음을 터뜨리며 말했다.

"시험관 아기 시술은 역사가 유구하다고 봐야 해. 처녀의 몸으로 아기를 낳았다는 마리아는 인류 역사상 최초로 시험관 시술을 받은 여자가 아니었을까? 그 시절에 천재 의사가 있었을지 누가 알아. 그가 기록으로 남기지 않아서 시험관 시술이 후대에 바로 전해지지 않은 건지도 몰라."

그러고 보니 유명 난임병원들은 처녀의 몸으로 아기를 낳았다는 예수의 어머니 '마리아'와 난임으로 고생했던 요셉의 어머니 '라헬' 같은 성경 속 인물들을 병원 이름으로 내걸고 있었다. 라헬도 살아생전 난임에 대한 정보를 친구들과 나누었을까. 친구들끼리 모임을 만들어 정기적으로 만났을지도 몰랐다.

소라는 문정에게 자신을 단톡방에 초대해달라고 말했다. 라헬이 베냐민을 낳다가 난산으로 죽었다는 사실은 잠시 잊기로 했다. 소라는 즉시 단톡방에 초대되었고 여섯 명의 여자들과 인사를 나눴다. 소라는 출퇴근길에, 점심시간에 헬로 베이비 단톡방에 들어갔고 그들과 금세 친해졌다. 가장 내밀한 이야기를 거리낌없이 나누는 친구들이었기 때문일 것이다. 자궁, 섹스, 시댁…… . 많은 이야기가 아무렇지 않게 던져졌고 비밀은 엄수되었다. 헬로 베이비 단톡방은 모두가 임신하는 날 폭파될 예정이었다.

단톡방에서만 대화를 하던 소라가 처음으로 오프 모임에 참석한 것은 재작년 여름이었다. 퇴근길에 문정이 알려준 아파트로 향한 소라는 지상 25층의 주상복합아파트를 힐끔 올려다본 뒤 19층으로 올라가 벨을 눌렀다. 그러자 홈드레스를 입은 여자가 문을 열어주었다.

"어서 와요. 얘기 많이 들었어요."

소라는 오는 길에 사온 마카롱을 내밀었다. 다정하고 우아한 이 여자가 그동안 문정에게 귀가 따가울 정도로 들어온 명문가 맏며느리 정효 언니일 것이다. 안으로 들어가자 단발머리 여자가 손짓하며 이리 와 앉으라고 했다. 그녀는 한눈에 봐도 성격이 강해 보였고, 육감적 몸매와 카리스마로 좌중을 집중시키는 압도적인 매력을 풍겼다. 변호사 혜경이 분명했다. 혜경은 스스럼없이 웃으며 소라 앞에 와인 잔을 놓아줬다. 핸드폰과 여자들을 번갈아 보며 수줍게 웃는 지은은 대화 중에도 남편 끼니를 걱정하느라 바빴고, 여유로운 표정으로 여자들을 관찰하는 문정은 능숙하게 화제를 이끌었다.

문정이 가방에서 '진짜' 와인을 꺼내자 혜경이 흥분하며 낚아채더니 코르크 마개를 따기 시작했다. 문정이 혜경에게 말했다.

"5일 뒤 채취잖아. 난포가 안 자라면 어떡해? 넌 안돼."

"이식 전인데 뭐. 너도 채취 8일 남았잖아. 내가 모를 줄 알고?"

"앗, 들켰네."

"와인 한 잔은 아무런 영향을 못 미친다니까. 아니래도 오늘은 마셔야겠어."

지은이 가방 안에서 소주를 꺼내며 말했다.

"문정 언니, 우리 이거 딱 한 잔씩만 나눠 마시자. 나 이게 얼마나 먹고 싶었는지 꿈에도 나왔어."

혜경이 물개박수를 치며 좋아했다. 혜경이 잔을 들어 올리며 말했다.

"그러고 보니 이번엔 이식하고 결과 기다리는 사람이 없네? 마시자!"

레드 와인으로 반쯤 채워진 와인 잔들이 공중에서 경쾌하게 몸을 부딪쳤다. 잔을 부딪치지도 않고 입으로 가져간 문정의 입술이 붉게 물드는 걸 바라보던 소라는 갑자기 배가 당겨 얼굴을 찌푸렸다. 정효가 그것을 놓치지 않고 물었다.

"언제 채취했어요?"

"4일 전에요. 처음은 아니고 두 번째 채취였어요."

"몇 개 나왔어요?"

"열세 개요."

"부럽다. 젊어서 많이 나오네요. 나는 공난포만 나와서 이식을 하지 못한 적도 있어요."

정효가 진심으로 부러운 표정으로 말했으므로 소라는 어색하게 웃었다. 열세 개가 나왔지만 또래 여자들에 비하면 많은 것도 아니었다. 혜경이 소라의 잔에 술을 채우며 물었다.

"미혼인데 어떻게 난자 냉동을 하겠다는 생각을 했어요? 이런 질문은 첫 만남에 실례인가요?"

문정이 혜경으로부터 와인병을 건네받아 자신의 잔에 술을 따르며 말했다.

"뭐가 어때서. 이 모임은 그런 얘기 하려고 만든 거잖아."

소라는 와인을 한 모금 마신 뒤 말했다.

"여기 있는 분들과 같은 이유죠. 엄마가 되고 싶어서요."

모두가 궁금해하는 눈빛으로 소라의 입을 쳐다봤으므로 소라는 굳이 할 생각이 없었던 이야기를 꺼냈다.

"연초에 오래 만난 남자친구와 헤어졌어요. 확신이 없는데 결혼하자고 하더라고요. 그러면서도 저 몰래 선을 보러 다니는 것 같았어요. 그 사람하고 결혼하는 걸 기정사실화하고 있었는데 막상 그 사람의 아이를 낳아야 한다고 생각하니 께름칙하더라고요."

소라는 멋쩍게 웃었다. 말하고 보니 마치 자신이 차버린 것처럼 말했다. 나쁜 사람이 되기 싫었던 구남친은 소라의 이별 통보를 기다렸을 테니 유통기한이 지난 통조림 같은 이별이었다. 지은이 재촉하듯 물었다.

"왜요? 가장 큰 이유가 뭐였어요?"

"8년을 사귀었는데 남자네 집에서 저를 못마땅해하는 것 같았어요. 직업도 나이도 같은데 왜 그럴까, 집안은 오히려 우리 집이 나은 것 같은데 이유가 뭘까 생각했는데 상견례 직전에 그 사람 어머니가 황당한 말을 하더라고요. 나이가 많으면 출산이 어렵다고요."

혜경이 흥분하며 말했다.

"웃긴다 정말. 자기 아들은 나이 안 먹었대?"

"그런데도 너무 오래 만나서인지 관계를 끊기가 힘들었어요. 그 사람도 그랬을 거예요. 막상 끊어내고 나니 홀가분해요."

소라는 더 이상 연애를 하고 싶지 않았다. 소라는 사랑을 믿지 않았다. 사랑이 변해가는 모습을 여러 번 봤다. 숙성해가는 와인처럼 기분 좋은 변화를 말하는 게 아니었다. 고여 있는 물이 썩는 것처럼 악취 나는 변화였다.

"하지만 아이는 낳고 싶어요. 솔직히 말하면 결혼보다는 아이를 원해요. 평생 결혼하지 않아도 아쉬울 것 없지만 아이가 없다고 생각하면 허전해요. 난자 냉동은 서른다섯 살 전에 하면 좋다기에 한동안 생각만 하다가 결심을 굳혔어요. 올해 서른다섯이거든요. 결국 수정하

지 못하고 버리게 될지도 모르지만 막상 하고 나니 든
든해요."

문정이 크래커를 씹으며 말했다.

"소라는 동물병원 원장이야. 우리 남편보다 돈을 잘
번다고. 경제력이 있는데 뭐가 걱정이야."

정효가 고개를 끄덕이며 말했다.

"나는 이해가 가. 결혼은 싫지만 아기는 갖고 싶다,
많은 여성들의 꿈이잖아."

지은이 자신의 잔에 술을 따르며 말했다.

"하지만 결혼하는 이유가 단순히 돈 때문은 아니잖
아. 나는 부모님이 일찍 돌아가셔서 그런지 혼자 사는
거 상상만 해도 싫어."

지은이 소라 쪽으로 몸을 틀며 말했다.

"그래서 그 말에 더욱 공감이 가요. 아이가 없다고 생
각하면 허전하다는 거. 그럼 결혼해서 아이만 낳고 헤
어지는 방법도 있지 않았을까요? 생각보다 괜찮으면
계속 살고요."

"뭐 그럴 수도 있었겠지만 그 사람과 평생 얽히는 건
싫었어요. 전남편과 친구처럼? 전 그렇게 쿨하지 못해
요. 사실은 정자 기증을 받고 싶어요. 일단 난자를 충분
히 동결해둔 다음에 정자 기증에 대해 적극적으로 알아

볼 생각이에요."

소라는 난자 냉동을 결심하면서 정자 기증에 대해 검색해봤다. 외국 영화에서는 레즈비언 커플이 인공수정을 받는 모습이라든가 미혼 여성이 정자 기증을 받아 아이를 낳는 모습을 쉽게 볼 수 있었지만 국내에서는 법적인 부부에게만 정자 기증을 허용하고 있었다. 현행법상 배우자가 없으면 정자를 기증받을 수도 없었다. 여성이 정자를 기증받으려면 반드시 법적인 남편의 동의를 받아야 했다. 정자를 기증하는 남성의 동의가 필요했고 만약 그가 결혼했다면 그의 아내의 동의도 얻어야 했다. 뭐가 이리 복잡한지. 결국 구남친과 잠자리를 해서 아이를 갖는 방법이 가장 빠르다는 뜻이었다. 그렇다면 구남친과 평생 얽히게 될 것이고 삼류드라마 여주인공이 될 것이다. 그의 어머니가 찾아와 아이를 빼앗을지도 몰랐다. 외국은 미혼 여성에 대한 정자 기증을 허용하고 있다고 하니 해외로 나가는 수밖에 없었다. 금발에 푸른 눈의 아기를 낳는 것을 상상해본 적은 없었지만 못할 것도 없었다. 아이와 눈을 맞추는 것을 상상할 때마다 소라는 깊은 바다에서 스쿠버 다이빙을 하는 것처럼 신비로운 기분에 젖어들었다.

정효가 와인을 한 모금 마시며 말했다.

"결혼을 안 했어도 경제력이 있다면 나도 혼자 아이를 낳아 키울 것 같아. 오직 나와 아기만의 유대가 생기는 거잖아. 시댁이나 남편의 개입 없이. 소라 씨가 부러워. 나는 대학 졸업하자마자 결혼했거든. 직장생활을 해본 적이 없어."

지은이 치즈를 입에 넣으며 물었다.

"정자 기증을 받으면서까지 아이를 낳으려는 건 노후 때문이에요?"

"그것도 한 가지 이유겠죠. 하지만 그렇게 멀리까진 생각해보지 않았어요. 죽음보다는 삶을 생각해요. 내가 늙어 죽어갈 때 누군가 있었으면 좋겠다가 아니라 건강하게 살아 있을 때 사랑하는 누군가와 함께하고 싶다는 생각요."

모두가 동의한다는 듯 소라와 눈을 맞췄다. 혜경이 소라의 잔에 와인을 따르며 말했다.

"참, 소라 씨 다음부터는 말 편하게 해요. 어차피 나이도 다 비슷하거든요."

문정이 특유의 장난꾸러기 같은 표정을 지으며 말했다.

"맞아. 어차피 난소 나이는 다들 비슷하니까."

한바탕 웃음이 터졌다. 정효도 고개를 흔들며 웃었다.

"지금 몇 시야? 나 약 먹을 시간 지났어."

문정은 시간을 확인하더니 책과 서류로 가득한 큼지막한 가방을 뒤져 갈색 병을 꺼냈다. 문정이 약병 뚜껑을 따는 사이 혜경이 컵을 들고 냉장고로 다가가며 말했다.

"너 또 그냥 마시려고? 물이랑 같이 먹으랬어."

문정은 갈색 병에 담긴 액체를 마신 뒤 혜경이 건넨 물을 들이켰다. 문정이 혜경의 어깨에 팔을 두르며 말했다.

"난 이거만 먹으면 흥분되고 활기가 넘치면서 옆에 있는 사람이 예뻐 보이더라."

혜경이 웃으며 말했다.

"술 때문이겠지."

갈색 병이라고 불리는 바이오아지니나액은 난자 채취 전에 처방받는 액체 성분의 약으로 원래는 간 기능 장애로 인한 소화불량에 쓰였지만 난임 치료약이기도 했다. 자궁에 혈액을 원활하게 공급해 난자의 질 개선에 도움이 된다니 값이 좀 나가도 반드시 챙겨 먹어야 했다. 정효가 자리에서 일어나더니 동생들을 둘러보며 말했다.

"기다려봐. 보여줄 거 있어."

정효가 베란다에서 가져온 것은 커다란 쌀 한 가마니

크기의 포대였다. 정효가 포대를 거꾸로 들자 엄청난 개수의 갈색 병이 쏟아져나왔다. 갈색 병들이 바닥에 떨어져 서로 부딪히자 아이들이 와글와글 떠드는 것 같았다. 소리가 갑자기 멎었으므로 누군가의 다그침으로 아이들이 입을 다문 것처럼 느껴졌다. 문정이 눈을 크게 뜨며 물었다.

"이게 다 뭐야?"

"몰라서 물어? 내가 마신 바이오아지니나액 병이야."

"이걸 안 버리고 모아둔 거야? 대체 왜?"

"나중에 아이가 크면 보여주려고. 너를 만나려고 엄마가 이렇게 노력했다고. 이렇게 많이 모일 줄은 몰랐지만."

지은은 쪼그려앉아 갈색 병들을 쓰다듬으며 말했다.

"그동안 이렇게 많이 먹었다는 거네?"

"버린 것도 있으니 사실은 더 많아. 그동안 사용한 주사기도 모아뒀는데 쌓아두니까 흉측해서 지난달에 버렸어."

여자들의 표정은 서서히 쓸쓸하게 변했고 화제는 남편에게로 옮아갔다. 그날은 남편들을 단두대에 올리는 날이었다. 겉으로만 완벽하고 속은 부실한 혜경의 판사 남편에 대한 이야기는 배가 아플 정도로 우스웠다. 담배도 끊지 못하는 근엄한 판사 나리의 진짜 모습은 못 말리는 마마보이라고 했다. 아이는 자기 먹을 것을 가지고 태어난다는 고릿적 옛말을 읊어대는 문정의 남편은 소라와도 친했지만 그날만큼은 적나라하게 발가벗겨져 낯설게 느껴졌다. 형부가 비아그라 복제품인 맥시그라를 처방받아도 임신을 못 시키는 발기부전이었다니. 지은은 태권도 사범인 남편과 결혼하면 환상적인 부부관계가 펼쳐질 거라고 기대했지만 힘 좀 쓴다는 남자들의 문제는 정작 밤이 되면 그 부분에 힘을 모으지 못하는 거라고 했다. 그런데도 남자다움에 집착하는 편이라 의사가 무정자증이 의심된다며 비뇨기과에서 정밀검사를 받아보라고 했을 때 남편의 표정을 모두 봤어야 한다고 했다. 갈색 병 덕분에 여자들은 더 이상 소라의 구남친에 대해 묻지 않았다.

소라는 이쯤 되면 단톡방을 개설해야 하는 것은 남자들이 아닐까 생각했다. 언니들의 말이 사실이라면 정자 기증을 받는 건 오히려 이성적인 선택 같았다. 모두들 입을 모아 남편의 비협조적인, 혹은 무심한 태도가 임신에 방해가 된다고 말하고 있었다. 정자 기증을 받으면 술과 담배를 즐긴다든가 아내의 감정을 헤아리지 못한다는 이유로 남편과 다툴 일이 없었다. 독박육아를 이유로 원망할 대상도 없었다. 살다가 애정이 식어 갈라선다고 해도 정자 기증자는 양육권 소송을 걸지 않을 것이다. 소라는 정효의 남편이 궁금했지만 정효는 남편에 대해 아무 말도 하지 않았다.

그날 모임은 예정보다 일찍 끝났다. 예고도 없이 들이닥친 정효의 시어머니 때문이었다. 소라는 조금 놀랐다. 방문한 시각이 밤 10시라서가 아니라 그녀의 모습이 소라가 상상한 것과 너무 달랐기 때문이었다. 단톡방에서 나눈 대화를 통해 소라는 그녀가 머리에 혹이 서너 개쯤 달린 노파일 거라고 생각했지만 활기와 우아함으로 무장한 그녀는 자기 나이보다 열 살은 젊어 보이는 도시형 미인이었다. 그녀가 며느리의 친구들을 향해 부드럽게 웃으며 말했다.

"노인네가 눈치도 없이 분위기를 망쳤네요. 우리 며느리 잘 부탁합니다."

44세 이혜경

지난 늦가을, 양 선생은 컴퓨터 모니터에 뜬 MRI 사진을 보여주며 말했다.

"이렇게 많으니 애가 안 들어섰죠. 초음파로는 네 개밖에 안 보였는데 MRI를 찍었더니 열 개가 넘어 보여요. 자잘하게 작은 것들이 많아요. 크진 않은데 중요한 자리에 있어요."

검은 포도알 같은 것이 혜경의 자궁 안에 골고루 들어앉아 있었다. 검은 포도알은 불길한 기운을 내뿜는 외계생명체 같았다.

"다 떼어내면 아이가 생기나요?"

양 선생이 허연 눈썹을 들어올리며 말했다.

"확률이 확 올라가지요."

"가장 빠른 날로 잡아주세요."

수술은 석 달 뒤로 잡혔다. 듣던 대로 양 선생에게 수술을 받으려고 대기 중인 사람이 많은 모양이었다. 혜경은 진료실에서 나오며 진즉에 MRI를 찍을걸 그랬다고 생각했다. 맘카페 회원들의 말에 따르면 양 선생은 자궁내막에 손상을 주지 않고 근종을 떼어내기 때문에 그에게 수술을 받으면 좀 더 수월하게 임신할 수 있다고 했다. 칠순의 양 선생은 자궁내막암 진단을 받은 여자들도 성공적으로 임신을 하게 한 세계적인 권위자였다. 혜경이 근종수술을 미루고 있었던 이유는 마흔이 넘은 나이 때문이었다. 고 선생은 근종수술을 하면 서너 달 쉬어야 하고 그럼 또 난소 수치가 낮아지므로 수술을 권하기가 애매하다고 했다. 하지만 더 이상 과배란 약도 듣지 않는다니 미룰 시간이 없었다.

혜경은 남편에게 수술 날짜를 잡았다고 문자를 보내려다가 말았다. 어젯밤 말다툼을 했는데 아직 화해를 하지 못한 상태였다. 화해? 화해할 일이 아니었다. 혜경은 사과를 받기 전엔 남편과 말도 섞지 않을 작정이었다. 다시 생각해도 황당했다. 당당하게 그런 질문을 하다니. 혜경이 근종수술을 받은 뒤 장기요법을 시작할 거라고 하자 남편은 이렇게 말했다.

"그런데 장기요법하고 단기요법이 어떻게 달라?"

혜경은 자신의 귀를 의심하며 덤벼들듯 남편에게 다

가가 물었다.

"방금 뭐라고 했어? 당신 정말 그걸 몰라? 당신 인공 수정하고 시험관 차이는 알아?"

"그럼 알지."

"어떻게 다른데?"

남편은 얼버무리더니 겸연쩍은 듯 머리를 긁적였다.

"나 3년 동안이나 임신하려고 노력하고 있어. 난임병원 다닌 지는 2년 됐어. 자연임신 시도할 때도 당신 제대로 협조 안 했지. 배란일에 피곤하다고 잠자리 피하고. 그래서 시험관 하기로 한 거잖아. 신선 7회, 냉동 2회. 아홉 번 모두 실패했어. 두 번도 아니고 아홉 번인데 그걸 모른단 말이야? 그 무서운 난자 채취를 일곱 번이나 했어. 그런데 당신 정말로 그걸 모른다는 거야?"

혜경은 눈물을 흘리지 않기 위해 얼굴을 살짝 위로 치켜들었다.

"아니 모를 수도 있지……."

"2년 동안 난임병원 다니면서 회사 화장실에서 내 손으로 배에 주삿바늘 찔러넣고 수면마취 하고 난자 채취하고 배아 이식하고 그 고통스러운 과정을 몇 번이나 반복했는데 당신은 정말 그게 뭔지 하나도 모른다는 거야?"

혜경은 날카롭게 쏘아붙이고 싶었는데 눈물 콧물이 쏟아져나오는 바람에 울먹거려 내용이 제대로 전달되지도 않은 것 같았다. 남편이 손으로 이마를 짚으며 말했다.

"나도 힘들어. 그만해."

"힘들다고? 당신이 할 일은 나를 다독여주는 것밖에 없어. 대체 뭐가 힘들다는 거야?"

남편은 눈에 힘을 주며 말했다.

"바로 이런 게 힘들다고. 당신 감정 헤아리고 받아주는 게 나한테는 제일 힘들어."

남편이 한숨을 내쉰 뒤 말했다.

"당신 시험관 시작한 이후로 감정적이 된 것 같아. 호르몬 변화 때문인가?"

감정적이라고? 그럼 넌 이 일에 전혀 감정 동요가 없단 말이지? 혜경의 표정이 더욱 사나워지자 남편은 너무 바빠서 자세히는 몰랐다고, 그래도 자신이 관심이 없다고 생각한다면 오해라면서 미안하다고 말한 뒤 서재로 도망쳤다. 혜경은 화가 머리끝까지 솟구쳤다. 남편은 학구열이 강한 사람이었다. 궁금한 건 파고들어 밤을 새우는 사람이었다. 그런 사람이 모른다고 한다.

남편은 이 모든 과정에 그저 무관심한 것이다. 혜경은 시험관 시술을 시작한 이후 처음으로 울었다.

그날 밤 단톡방에서는 남편들에 대한 성토가 이어졌다. 은하는 자기 남편은 인공수정과 시험관이 다른 것인지도 모를 거라고 했고 문정은 그런 건 몰라도 되니 금연, 금주만 지켜도 좋겠다고 했다. 지은은 남편의 가치는 아이가 태어난 이후로 매길 수 있는 거라고 했다. 맘카페에 올라오는 글을 보면 병원에 따라다니면서 아내에게 다정하게 대하는 남자들 중에 정작 아이가 태어난 이후로 돈을 벌어오지 않는 남자도 있다면서 좀 무심해도 처자식을 위해 바깥일에 집중하는 게 낫다고 했다. 혜경은 단톡방으로는 모자라 맘카페에도 글을 올렸다. 아침에 일어나보니 무려 50개가 넘는 댓글이 달려 있었다.

—글을 읽으니 과거의 제가 생각나네요. 우리 남편도 무심하고 이기적인 거라면 남부러울 게 없는 사람이거든요. 그래서 전 시험관 3차 때부터 배 주사를 남편이 직접 놓도록 했어요. 제 고통을 온전히 함께 느끼게 하려고요. 그런데 그런다고 남편이 아내의 고통을 알아줄까요? 주사를 놓으면서도 모르는 거 같더라고요. 인형

배에 주삿바늘 찔러넣는 거나 마누라 배에 찔러넣는 거나 똑같은 거죠. 그래도 전 분만실에 남편하고 같이 들어갈 거예요. 예정일 한 달 남겨놓고 있답니다.

　─그런 일로 기분 상해하지 마세요. 우리 예비맘들은 너그러워져야 해요. 시험관에 가장 해로운 게 스트레스인 거 아시죠? 하나님이 하와에겐 출산의 벌을, 아담에겐 평생 일하는 벌을 주셨어요. 님 기분 상하게 한 남편은 평생 님과 곧 태어날 아이를 먹여살리는 벌을 받을 거잖아요. 물론 어떻게든 부양 안 하려고 내빼는 남자도 수두룩 빽빽.

.

.

.

　─아이고 우리 남편은 결혼하고 평생 남의 편이더니 6년째 시험관 하는데도 시험관이 뭔지 모르더이다. '시'자 붙는 건 무조건 좋아하는 줄 알았는데 예외가 있더라고요? 저는 '시'자 들어가는 건 다 싫어서 이제 그만 포기하렵니다.

　─이혼하삼. 벌써 그런데 애 낳으면 어떻겠음?

길고 긴 댓글을 다 읽고 나니 혜경은 어쩌면 남편이 그리 심각한 케이스가 아닐지도 모른다는 생각이 들었다. 혜경은 "이혼 전문 변호사에게 훈수 두네"라고 중얼거리며 마지막 댓글에 답글을 달았다.

—1년 안에 임신해야 해서 이혼은 못해요.

자궁근종 수술 당일, 혜경은 휴가를 내고 소망여성병원으로 향했다. 혼자 가도 된다고 했지만 남편은 웬일인지 한사코 동행했다. 휴가를 낸 모양이었다. 1년 365일 쉬지 않고 일하는 사람이 무슨 일일까. 남편은 혜경이 수술을 받는 동안 일을 할 작정인지 한 손에 서류가방을 들고 있었다.

수술 전부터 굴욕이 시작됐다. 간호사가 혜경에게 제모를 해주는 동안 남편은 병실 밖에 나가 있었다. 혜경이 관장을 할 때 남편은 여자 화장실 앞에서 서성이며 기다렸다. 혜경이 오래도록 나오지 않자 남편은 혜경이 들어간 칸 앞으로 다가와 목소리를 낮춰 괜찮으냐고 물었다.

"어서 나가. 여자 화장실이야."

남편이 후다닥 화장실 밖으로 나가는 소리가 들렸다.

관장을 마친 혜경은 수술실로 이동하기 위해 간호사,

남편과 함께 엘리베이터에 올랐다. 엘리베이터가 올라가기 시작하자 겁이 덜컥 났다. 혜경이 남편에게 말했다.

"혹시 나 죽으면 재혼하지 마."

남편이 웃으며 말했다.

"당신 겁나는구나? 당신은 무서울 때 농담하잖아. 걱정하지 마. 한숨 자고 일어나면 다 끝나 있을 거야."

간호사도 웃으며 말했다.

"암 수술이라도 하는 줄 알겠어요. 맘 편히 먹으세요. 생각보다 간단한 수술이에요."

혜경은 수술실로 들어가 다리 올리는 부분이 두 개로 나뉘어 있는 수술대 위에 올라갔다. 관장과 제모를 할 때 더 이상 수치스러울 일은 없을 거라고 생각했지만, 능지처참이라도 당하는 것처럼 사지를 펼친 채 수술대에 누워 있으려니 역시나 수치스러웠다. 간호사가 혜경이 입은 환자복 가운의 옷고름을 풀어헤치더니 소독을 하기 시작했다. 배 위를 포함해 아래쪽으로 붉은 소독약을 배포하자 한기가 스며들며 공포가 몰려왔다. 도마 위 생선이 된 기분이었다. 간장과 비슷한 색의 소독약이 몸에 스며들면 의사는 혜경의 배꼽에 하나 배꼽 밑으로 두세 개의 구멍을 내고 치골 상방에 4센티미터 정도 작게 절개를 할 것이었다. 혜경은 코로나가 끝나면 따뜻한 나라로 휴가를 떠나야겠다고 다짐하며 생각했다. 비키니 라인 밑으로 개복을 해야 할 텐데.

애된 목소리의 젊은 간호사가 수술실로 들어와 말했다.

"이제 부를게요."

"아직 안 돼. 완벽하게 세팅해놓고 불러. 몰라? 마취 과장 성격 더러워."

간호사들은 속삭였지만 혜경의 귀엔 다 들렸다. 다시 젊은 간호사의 목소리가 들렸다.

"과장 온다."

간호사들의 목소리가 뚝 끊기더니 곧이어 누군가의 발소리가 들렸다. 마취 과장으로 추정되는 사람이 들어오자 수술실 안은 고요해졌다. 비닐모자와 마스크를 쓴 마취 과장은 별다른 말은 하지 않았지만 헛기침을 몇 번 했다. 젊은 여자였다. 마취 과장이 혜경에게 부드러운 목소리로 말했다.

"맘 편히 가지세요."

혜경은 깐깐한 마취 담당 의사에게 자신의 몸을 맡겨도 되겠다 싶었다.

양 선생이 들어오자 혜경의 머리 쪽에 선 마취 과장

이 혜경의 마스크 위로 산소마스크를 씌웠다. 그녀의 눈이라도 보고 싶어서 고개를 위로 치켜든 순간 혜경의 의식은 안드로메다로 떨어졌다.

마취에서 깨어나자마자 거대한 통증이 밀려왔다. 혜경은 자신의 의지와 상관없이 자신이 울고 있다는 것을 깨달았다. 혜경의 입은 아프다고 울부짖고 있었다. 자신을 내려다보는 남편이 보였다. 아픈 건 둘째 치고 목이 말라 괴로웠다.

"아기고 뭐고 관둘래. 죽을 거 같아. 근종수술도 이렇게 아픈데 아기는 어떻게 낳아."

눈에 눈물이 고인 남편이 말했다.

"그렇게 아프면 그만해."

남편의 뺨 위로 눈물이 흘러내렸다. 혜경은 잠시 고통이 느껴지지 않았다. 스물두 살에 만나 20여 년을 함께 했지만 남편이 우는 모습은 처음 봤다.

"목말라. 죽고 싶을 만큼 괴로워."

혜경은 당장 물을 들이켜고 싶었지만 간호사는 방귀가 나오기 전에는 물 한 모금 마시면 안 된다고 했다.

"그럼 울지 마. 몸 안의 물이 더 마를 거 아니야."

남편이 한숨을 내쉬며 덧붙였다.

"당신이 아프니까 나도 별로 하고 싶지 않다. 우리 그동안 아이 없이도 잘 살았잖아."

혜경은 힘겹게 한숨을 내쉬었다. 남편이 아기를 낳자고 닦달해도 문제라지만 이렇게 소극적인 태도를 취해도 아내 입장에선 힘이 빠졌다. 게다가 이미 수술을 받아서 아플 거 다 아팠는데 그만하자고? 남편이 무슨 말을 해도 혜경에겐 거슬리기만 했다.

1인용 병실로 옮기고 통증이 잦아들었을 때 남편이 혜경의 발을 주무르며 말했다.

"이번 설에는 집에 가서 얼굴만 비치고 오자."

"꼭 가야 해?"

"오늘 수술한 거 아시거든. 어머니도 근종수술 했다고 별거 아니라고 하시더라. 한약 지어놨다고 가져가래. 와서 버려도 되니까 잠깐만 갔다 오자."

혜경은 "마마보이" 소리가 목구멍까지 올라왔지만 입안이 말라 입이 떼어지지 않았다. 갑자기 아랫배에서 쥐어짜는 듯한 통증이 느껴졌다.

"진통제!"

남편이 진통제 버튼을 누르자 통증이 조금씩 잦아들었다. 혜경은 고통의 한가운데서 몸서리치며 생각했다. 별거 아니라고? 하긴 당신 어머니에게 별거인 일은 아들이 전화를 덜 하거나 자주 찾아오지 않는 것이겠지. 시어머니는 말이 안 통하는 분은 아니었다. 하지만 자기 아들에 한해서는 객관적으로 판단하지 못했다. 가장 참기 힘든 건 시어머니가 혜경에게 난임의 원인이 있다고 생각하는 것이었다. 혜경은 요즘 같은 시대에 며느리가 애 낳는 도구도 아니고 자신이 왜 이런 대접을 받아야 하는지 알 수 없었다. 혜경은 시어머니의 얼굴을 보면 진실을 말하고 싶어서 입이 간지러웠다.

남편과 결혼했을 때 친구들은 혜경에게 완벽한 남자와 결혼한 운 좋은 여자라고 했다. 남편은 이상적인 신랑감이었다. 키가 훤칠하고 잘생겼다. 머리가 좋았지만 겸손했고 한눈을 팔지도 않았다. 사법연수원에 들어갔을 때 중매쟁이들이 그에게 눈독을 들였지만 그는 흔들림이 없었다. 대학 시절 역도부에서 활동했으므로 몸도 다부졌다. 게다가 두 살 연하였다. 굳이 단점을 찾자면 자기 엄마에게 유독 약하다는 것이었다. 단톡방 친구들은 믿지 않겠지만 남편은 주말마다 시어머니와 서너 시간씩 전화통화를 했다. 시어머니 호출로 한밤중에 달려가기도 했다. 시어머니는 초등학교 교사로 정년퇴직했고 대부분의 수재의 어머니들이 그렇듯이 자식 교육에 혼신을 다했다. 어릴 때부터 올바른 학습 태도를 길러

주고 완벽한 면학 분위기를 만들어주고 매일 아침 아들을 위해 정성이 깃든 밥상을 차려낸 어머니가 없었더라면 지금의 남편은 없을 것이다. 남편이 서울대 법학과에 합격한 것에도, 대학에 다닐 때 사법고시에 합격한 것에도 어머니의 지분이 존재할 것이다. 하지만 혜경은 시어머니가 아들과 며느리의 배아에 간섭하는 것까지 참을 순 없었다.

"너희 결혼할 때 내가 궁합을 봤는데 좋은 편이라고 했거든? 그런데 난자와 정자 궁합은 별로 좋지 않은 모양이다. 다른 건 몰라도 임신할 때는 여자의 나이가 가장 중요한 요소라고 하더라. 정자가 아무리 건강해도 난자가 나이가 들면 어쩔 수가 없대. 네가 잘해야 해."

시어머니는 시험관에 대해 여기저기서 들은 이야기를 바탕으로 이런 식의 잔소리를 해서 속을 뒤집어놓곤 했다. 지난번 시험관 시술 때는 배아 이식을 하기 전에 대기실에서 대기 중인 혜경에게 전화를 걸어 간밤에 고목나무에 열매가 달린 꿈을 꿨다고 말해 기분을 상하게 했다. 시어머니는 '열매'에 방점을 찍어 말했겠지만 혜경의 귀에는 '고목나무' 소리만 들렸다. 시어머니는 자신의 아들이 자식을 못 본 것이 오로지 며느리의 생물학적 나이 때문인 줄 알았다. 시어머니는 물뿌리개였다. 아직은 은근히 타오르는, 남편을 향한 혜경의 사랑에 물을 끼얹어 재로 만들어버리는 물뿌리개. 혜경은 그녀가 그런 말을 할 때마다 진실을 말하고 싶어서 미칠 것 같았다. 혜경은 설날에 시댁에 방문해 그동안 숨겨온 비밀을 폭로해버릴까 생각했다.

"만점에 가까운 수능 성적표를 받은 어머니의 잘난 아들 정자 점수는 전국 꼴찌, 어쩌면 세계 꼴찌라고요!"

설마 졸도하시는 건 아니겠지? 남편은 켕기는 구석이 있었는지 아기천사병원에 방문하기 전에 비뇨기과에서 먼저 정액 검사를 받겠다고 했다. 혜경은 따라오지 말라는 남편을 한사코 따라갔다가 괜히 왔다고 후회했다. 정액 검사 결과는 처참했다. 의사는 작게 한숨을 내쉬며 모니터를 통해 정자의 모습을 보여줬다. 올챙이처럼 생긴 정자가 화면에 가득했는데 어딘가 이상했다. 남편의 정자는 슬로모션으로 재생한 것처럼 느릿느릿 여유롭게 움직였다. 혜경이 닦달할 때 약 올리듯 뒷짐을 진 채로 느긋하게 팔자걸음을 걷는 남편처럼.

"기형 정자가 너무 많아요. 정상 정자가 1퍼센트도 되지 않네요. 운동성도 형편없고요."

의사는 화면 속 정자에게 말하듯 중얼거렸다.

"앞으로 한 발짝도 나아가질 못하네. 직진성이 없네, 없어."

남편의 정자는 지나치게 신중해서, 혜경의 주변을 맴돈 지 석 달이 되도록 사귀자는 말도 꺼내지 못했던 남편처럼 한자리에서 주뼛거렸다.

남편과 함께 처음으로 아기천사병원에 방문하던 날, 혜경은 형편없는 성적표를 들고 꾸지람을 들으러 교무실로 향하는 학생이 된 기분이었다. 그러고 보니 혜경과 남편은 한 번도 그런 경험을 한 적이 없었다. 두 사람 모두 자신 있게 교무실 출입을 하는 학생이었다.

뜻밖에도 신 선생은 혜경의 난소 나이는 또래보다 다섯 살이나 어리다고 했다. 신 선생은 남편이 들고 간 정액 검사 결과지를 들여다보며 말했다.

"정자 상태가 안 좋지만 걱정 안 하셔도 됩니다. 정상 정자를 골라서 미세수정하면 되니까요."

"미세수정이 뭐예요?"

"보통 시험관 시술을 할 때 난자와 정자를 배양접시 안에서 일정 시간 합방시키면 자연스럽게 수정이 되거든요. 그런데 정자의 능력이 떨어지면 합방시킨다고 해서 난자를 뚫고 들어가서 수정시킬 수가 없어요. 피펫을 이용해 건강한 정자를 한 마리씩 골라서 난자세포질 안으로 직접 주입해주는 거죠."

혜경에겐 그 말이 무겁게 느껴졌다. 세상에 나올 생각이 없었던 아이를 그렇게까지 해서 불러내도 되는 걸까. 운명을 바꿔도 되는 걸까. 그러고는 이내 고개를 저으며 웃었다. 자신과 남편의 아이가 세상에 나오기 싫을 리가 없었다. 태어나고 싶었던 아이를 의학의 힘을 빌려 데려오는 것뿐이었다.

혜경은 남편이 일을 핑계로 집에 갈 거라고 생각했지만 남편은 곁에서 진득하게 간호를 했다. 보호자 침대에 누워 눈을 붙였다가도 혜경이 부르면 일어나 소변 주머니를 비워줬다. 간호사가 압박스타킹을 신어야 발이 붓지 않는다고 했다면서 반쯤 벗겨진 스타킹을 직접 입혀줬다. 혜경은 병실에서 자고 이튿날 바로 출근하겠다며 보조침대에서 새우등을 하고 잠든 남편을 바라보다가 헬로 베이비 단톡방에 올라온 글들을 확인했다. 혜경은 소변 주머니와 피 주머니를 찍어 사진을 올린 뒤 톡을 남겼다.

―근종수술 마치고 살아나는 중

위로의 톡이 쏟아졌다. 혜경은 고맙다고 답한 뒤 물었다.

―근데 자연주기가 뭐야? 고 샘이 나 근종수술 끝나

면 장기요법 말고 자연주기로 하자고 하시더라. 이제 과배란 주사도 안 듣는다고.

지은이 위키백과라도 되는 듯 답했다.

—자연주기 시험관은 과배란 유도 없이 자연 상태에서 스스로 선택된 우성 난포 한 개를 자연적인 배란 주기에 맞춰 채취해서 체외수정을 통해 배아가 형성되는 3~5일 후 자궁에 이식하는 거야. 한 주기에 한 개의 배아만 얻을 수 있어서 이식까지의 시간이 좀 걸리지만 과배란 과정을 생략할 수 있으니까 몸이 편하지. 비용도 덜 들고.

자연주기로 하자는 말이 혜경에겐 '마지막 단계'에 이르렀다는 말로 들렸다. 지은이 덧붙였다.

—언니, 나 이번에도 실패하면 고 샘 반으로 넘어갈래. 잘생긴 영수 샘 얼굴 못 보는 건 아쉽지만.

혜경은 단톡방 친구들과 이런 대화를 나눌 때면 고시 공부를 함께하던 친구들과 고시학원 강사에 대한 정보를 나누던 시절이 떠올랐다. 정말 고 선생만 믿고 따르면 시험관 시험에 합격해 엄마가 될 수 있는 걸까. 혜경은 시간이 갈수록 자신감이 떨어졌다.

—혜경 언니, 다음번에도 안 되면 손 바꿔보는 거 어때? 나예란 샘은 극난저 전문이고 무슨 일이 있어도 환

자를 포기 안 하고 끝까지 끌고 간대. 웅환 샘은 크리스 천이라서 배아 이식 전에 손잡고 기도도 해준대. 나 아 는 언니가 언니하고 나이가 같은데 바꾸자마자 성공.

—그래? 생각해볼게.

혜경은 지은의 간섭이 달갑지 않았다. 나이가 같다 니. 결국 나이 때문이라는 건가 싶어서 기분이 나빴다. "너도 곧 마흔이라고" 소리가 목구멍까지 올라왔지만 난임병원에 다니는 동안 인내심 지수가 높아진 혜경은 쉽게 분노를 삭였다. 혜경은 난저이긴 했지만 아직 극 난저는 아니었다. 공난포도 나온 적이 없었고 드물게 냉동 배아도 나왔다. 게다가 웅환 샘은 혜경과 나이가 비슷했다. 손을 바꿔보라고? 아기천사병원의 최고 실력 자는 누가 뭐래도 고 선생이었다. 그가 가장 경력이 오 래된 의사였고 손끝 테크닉도 우수했다. 혜경처럼 시간 이 얼마 남지 않은 환자에겐 한 치의 실수도 허용하지 않는 노련한 의사가 필요했다. 수많은 임상경험을 바탕 으로 질 좋은 난자를 키워서 출혈을 최소화해 채취하 고, 실패한다고 해도 움츠러들지 않고 털고 일어나 재 도전할 수 있게 해주는 의사여야 했다. 배아를 이식할 때는 부드럽게 착상 가능한 위치에 올려놓아 배아가 조 금이라도 손상을 덜 받게 하는 베테랑이어야 했다. 혜경이 믿는 건 과학이었다. 혜경은 손을 잡고 기도해줄 시간에 논문을 검색하고 배아를 한 번이라도 더 들여다봐주는 의사를 신뢰했다.

문정이 톡을 보냈다.

―혜경, 바꿀 거야? 의사와 환자 사이에 라포가 중요하긴 하지만 우리는 시간이 없잖아. 손 바꿀 생각 하지 말고 고 샘한테 엠브리오스콥 해달라고 해. 그게 돈은 좀 드는데 좋은 배아를 고를 수 있대.

―엠브……? 그건 또 뭐야?

―실시간배아관찰경이라는 건데 연구원들이 배아를 관찰할 때 가끔씩 배양접시에서 꺼내서 현미경으로 관찰할 거 아니야. 근데 관찰경에 넣어놓으면 꺼내지 않아도 24시간 관찰하면서 질 좋은 배아를 선별할 수 있대. 생각해봐. 꺼낼 때마다 배아가 얼마나 스트레스받겠어. 그걸 하면 스트레스를 안 받는다는 거지.

―그래? 그럼 당연히 해달라고 해야지. 근데 24시간 관찰하면 배아가 감시당하는 기분이 들지 않을까? 태어나기도 전에 감시하는 건 좀 그렇다. 난 애들을 자유롭게 키울 거라고.

―병원에서 우리를 배아배양실에 들어갈 수 있게 해주면 좋겠어. 식물도 말을 걸어주면 더 잘 자라는데 하

물며 인간의 시작인 배아는 오죽하겠어? 밤에 컴컴한 배양실에서 얼마나 무섭고 외롭겠어.

문정의 말에 혜경은 의학적인 근거가 없다고 코웃음을 쳤지만 생각해보니 일리가 있는 말이었다. 그렇게 해서 난임병원을 졸업할 수 있다면 혜경은 돈을 내고서라도 배아면접권을 얻어 매일 밤 배아를 만나러 병원에 방문할 것이었다.

지은은 한술 더 떴다.

ㅡ언니, 올해 안 되면 내년에 부산에 가보는 거 어때? 박 샘 만나봐. 친구 언니가 한 달간 부산 내려가서 호텔 잡아놓고 박 샘이 하라는 대로 했는데, 한 번에 덜컥 들어섰대. 박 샘이 국내 최고야. 26년간 무려 7만 건의 시험관 시술 진행, 임신시킨 부부만 4만 명.

ㅡ그래? 대한민국 최고의 삼신할배네.

ㅡ그 샘은 이노시톨이랑 유비퀴놀을 권한대. 해외 교포들도 한번 만나보려고 많이 온다네.

문정이 말했다.

ㅡ나 아는 언니도 부산 간 김에 상담받고 박 샘과 악수만 했는데 이후로 자신감이 생겨서 서울 병원에서 바로 성공. 예쁜 딸 낳았는데 무럭무럭 자라고 있어.

혜경은 이노시톨과 유비퀴놀을 검색해 장바구니에

넣으며 생각했다. 이쯤 되면 종교잖아. 거의 사이비 교주 수준이네. 팬클럽이 존재한다는 박태성 원장은 혜경의 눈에 입시학원 스타 강사처럼 보였다. 듣기로 그는 난소수치가 심각하게 낮은 사람에게도 강력한 믿음을 심어준다고 했다. 배아 이식 직전에 예비맘과 함께 "할 수 있다!" 삼창을 한다고 했다. 그런 그가 최고의 임신 성공률을 보이는 것은 피그말리온 효과 덕분일까.

　—나도 박 샘 애기야 들었지만 아기 만들러 부산까지 가는 건 좀 그렇지 않아?

　지은이 말했다.

　—언니, 난 올해도 안 되면 가보려고. 맹모삼천지교라는데.

　혜경은 맹모삼천지교가 이 상황에 맞는 말인가 생각하면서 아직 생기지도 않은 아이를 위해 그렇게까지 하는 것이 옳은 일까 생각했다. 혜경은 극성스러운 엄마 때문에 혼란스러운 사춘기를 보냈다. 혜경의 엄마는 혜경이 어릴 때부터 온갖 사설 영재학원에 보냈다. 엄마의 개입 없이도 충분히 잘해낼 수 있었는데 말이다. 혜경은 사교육 없이도 명문대에 진학해 사법고시에 합격할 자신이 있었다.

　하지만 혜경은 다음번에도 실패한다면 휴가를 내고

서라도 부산에서 시험관 시술을 받을 수 있는 방법을 강구해야겠다고 생각했다. 심신이 지친 지금, 고지식한 고 선생보다는 스타 강사 박 선생이 필요할지도 몰랐다. 아이가 태어나기 전부터 전국의 난임의를 찾아다닐 준비가 되어 있는 걸 보면 치맛바람이라면 강남구 최고였던 어머니, 배 여사의 유전자가 자신에게 새겨져 있는 것 같긴 했다.

퇴원하던 날, 양 선생은 혜경의 자궁에서 제거한 12개의 근종 사진을 보여줬다. 혜경은 피 묻은 감자처럼 생긴 근종 조각들을 보며 얼굴을 찌푸렸다. 요 녀석들 때문에 그동안 아이가 안 들어섰단 말이지? 혜경은 회심의 미소를 지었다. 혜경의 자궁에는 이제 이것들을 합한 것만큼의 공간이 확보된 것이다. 양 선생이 자궁 모형을 손으로 들어올리며 말했다.

"이제 한두 달 지나면 다 아물고 이렇게 될 거예요."

간호사가 진료실 밖으로 혜경을 따라나오며 속삭였다.

"우리 선생님이 저거 손가락으로 다 떼어내셨어요. 자궁에 전혀 손상 안 가게. 국내에서 우리 샘 말고는 그렇게 할 수 있는 의사 없어요."

이제 혜경이 할 일은 기다리는 것뿐이었다. 수정된 배아가 자궁경부를 통해 들어와 자잘한 근종이 모두 제거되어 매끈해진 자신의 완벽한 자궁에 안착하는 것을.

혜경은 퇴원 수속을 밟은 뒤 택시를 불러 집으로 갔다. 혜경은 3일 동안 아무것도 하지 않고 누워서 보냈다. 4일째 되는 구정 설날에는 간단한 집안일을 할 수도 있었다. 혜경은 식기세척기에 그릇을 넣다가 남편의 시무룩한 얼굴을 떠올리며 저녁때 시댁에 잠시라도 다녀와야겠다고 생각했다.

설거지를 마치고 거실로 나와 소파테이블에 올려둔 핸드폰을 집어든 혜경은 자신의 눈을 의심했다. 정효 언니가 임신을 했다고? 혜경은 온몸에 전율을 느꼈다. 병원에서 오며 가며 마주치던 여자들에게 느꼈던 감정과는 확연히 달랐다. 혜경보다 젊은 여자들이 임신 소식을 듣고 진료실 밖으로 나와 밝은 미소를 감추지 못할 때, 몸속 깊은 곳으로부터 올라오던 어두운 감정이 아니었다. 혜경은 질투가 나면서도 진심으로 기뻤다. 눈물이 날 정도로.

정효에게서 임신의 비결이 무엇인지 반드시 알아내겠다고 결심했다. 혜경은 남편과 서로 원해서 잠자리를 한 것이 언제인지 기억나지 않았다. 오래전 고시공부를 할 때 서로의 자취방으로 숨어들던 열정이 혜경은 불현듯 떠올랐다. 결국 혜경이 정효에게 물어야 할 것은 어떻게 남편과 뜨거운 불씨를 되살렸는지일 것이다.

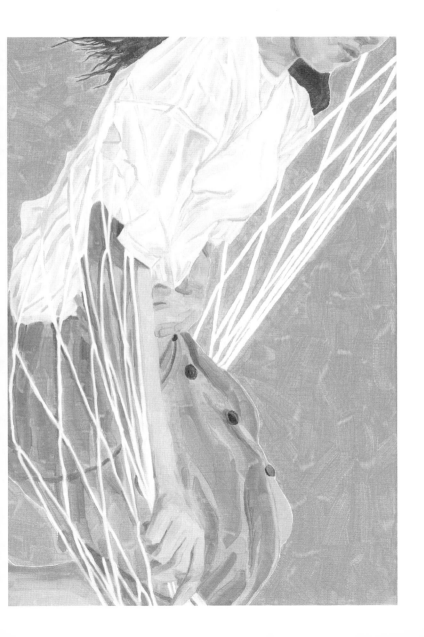

2부

37세 장은하

오후 3시, 은하는 아동학대 신고를 받고 출동했다. 명절에는 아동학대 신고가 급증했다. 신고한 사람은 악취가 나는 집 안에 어린아이가 있는 것 같다고 했다. 은하는 반지하 집 초인종을 눌렀다. 아무 소리도 들리지 않았지만 은하는 안에 누군가 있다는 것을 직감적으로 알았다. 2층에 사는 집주인에게 열쇠를 받아 문을 열자 지독한 냄새가 훅 끼쳤다. 은하는 입으로 숨을 쉬며 안으로 들어갔다.

바퀴벌레를 보고 흠칫 놀란 은하는 바닥에 누워 있는 아기와 눈이 마주쳤다. 은하는 아기와 시선을 맞춘 채 바닥에 떨어진 빵을 집어올렸다. 곰팡이가 핀 빵에는 아이가 베어 먹은 잇자국이 선명히 남아 있었다. 은하는 발에 치이는 술병들을 한쪽으로 모은 뒤 아이를 들어올려 품에 안았다. 기껏해야 세 살쯤으로 보이는 아이는 표정이 묘하게 어른스러웠다. 칭얼대지도, 울지도 않았다. 은하는 아이의 옷을 들춰봤다. 다행히 멍 자국은 없었다. 아이 엄마는 인근 PC방에서 발견됐다. 스무살 남짓의 여자는 집 안에 아이가 먹을 음식을 쌓아놓고 이틀에 한 번 집에 들른 모양이었다. 은하는 여자에게 아이 아빠는 어디에 있느냐고 물었다. 여자는 고개를 떨군 채로 입을 열지 않았다. 은하는 아이를 아동보호기관에 인계한 뒤 지구대로 향했다.

반지하 집에 들어가기 전, 은하는 겁이 났다. 방치된 아이에 대한 걱정이 아니었다. 자신의 배 속에 있는 아이에 대한 걱정이었다. 은하는 잔인한 학대 현장을 마주하면 혹시나 착상에 성공했어도 배아가 떨어져나가지 않을까 걱정했다. 지난해, 임신 초기였던 순경이 신고를 받고 출동했다가 학대당한 아이를 보고 유산한 적이 있었다. 순경은 온몸에 피멍이 든 아이가 입에 거품을 물고 쓰러져 있는 것을 목격했다. 순경은 현장에서 오열했고 지구대로 돌아오는 길에 하혈했다. 지구대에서는 임신 사실을 미리 알았다면 현장에 보내지 않았을 거라고 했지만 은하였더라도 말하지 못했을 것이다. 조직은 임신을 반기지 않는 분위기였다.

탈의실에서 만난 김소현 순경이 환하게 웃으며 말

했다.

"경장님, 생리대 좀 빌려주세요. 드디어 터졌어요."

은하는 요 며칠간 소현의 얼굴이 어두웠던 이유를 그제야 깨달았다. 같은 지구대에서 일하는 강 순경과 열애 중인 소현은 생리가 조금이라도 늦어지면 안절부절못했다.

귀가하자마자 화장실에 들어간 은하는 팬티에 묻은 액체 두 방울을 발견하고 한숨을 길게 내쉬었다. 생리를 하는 것을 보니 이번에도 실패구나 생각했다. 그런데 다시 보니 생리혈은 아닌 것 같았다. 우선 색깔부터 달랐다. 갈색과 분홍색에 가까운 색으로 손톱에 물든 봉숭아 꽃물 같았다. 혹시 착상혈? 문정의 말에 따르면 착상혈은 삼신할매가 팬티에 그린 그림이었다. 착상혈은 수정란이 자궁내막에 파고들 때 생기는 것으로 생리할 시기에 나오므로 생리혈과 구분하는 것이 관건이었다.

은하는 휴지에 피를 묻혀 코에 갖다댔다. 악취가 나지 않았다. 검붉은색을 띠며 악취가 나는 생리혈과 달리 착상혈은 분홍색이나 갈색을 띠며 냄새가 나지 않는다고 했다. 은하는 휴지에 묻은 분홍빛 액체를 카메라로 찍었다. 맘카페에 올려서 물어볼 심산이었다. 맘카페에 '(매너 사진) 착상혈 확인해주세요'와 같은 제목으로 사진을 찍어 올리는 여자들을 유별나다고 생각했는데 자신도 당연하다는 듯이 그렇게 하고 있었다. 은하는 단톡방 언니들의 호들갑도 이해하기 힘들었다. 배아 사진을 들여다보며 눈물을 짓는다든가 배아에 이름을 붙여주는 것이 은하에겐 이상해 보였다. 하지만 배아 이식을 한 이후로는 은하 역시 평정심을 유지하기 힘들었다. 그동안 들인 시간과 노력에 대한 보상이 주어지지 않으니 억울했다. 얼른 시험관에 성공해서 더 이상 난임병원에 방문하지 않고 싶을 뿐이었다.

거실로 나온 은하는 소파에 앉아 문자를 확인했다. 시댁 단톡방이었다. 은하는 평소 시댁 단톡방 알림을 꺼놓고 잘 확인하지 않았다. 형식적으로 초대만 한 것이지 시댁 식구가 교대근무를 하는 며느리에게 말을 거는 경우는 없었다. 하지만 어제 시어머니가 처음으로 은하에게 말을 건넸고 남편이 그 사실을 은하에게 알려줬다.

─은하야, 병원 다니는 건 잘 되어가니? 너무 스트레스받지 말고 맘 편히 가지렴. 우리 모두 기도하며 기다린다.

남편이 난임병원에 다닌다고 시댁에 떠벌린 모양이

었다. 은하는 시댁이 알고 있다는 것만으로도 스트레스를 받았다. 어서 아이를 낳으라고 독촉하는 친정엄마도 스트레스를 주는 건 마찬가지였다. 엄마는 지금은 괜찮아도 나이가 들어 자식이라는 연결고리가 없으면 멀어지는 것이 부부 사이라고 했다. 하지만 시어머니와 시아버지는 아들과 딸이라는 연결고리가 있는데도 이혼을 했다. 그래서 은하에겐 두 개의 시댁 단톡방이 있었다. 시아버지와 시누이, 은하 부부가 있는 시댁 단톡방 1과 시어머니와 시누이, 은하 부부가 있는 시댁 단톡방 2. 은하로서는 과묵하지만 때때로 불같이 화를 내는 시아버지나 사근사근하지만 작은 일까지 간섭하는 시어머니나 어렵긴 마찬가지였다. 남편이 아이를 낳고 싶어 하는 건 부모의 이혼 때문일지도 몰랐고 은하가 아이를 낳기로 결심한 건 특수한 직업 때문일지도 몰랐다. 현장에서 흉흉한 사건을 수시로 접하다 보니 귀갓길에 걷잡을 수 없이 쓸쓸해질 때가 있었다. 은하는 그런 쓸쓸한 마음이 단단한 가정을 원하는 마음으로 발전했는지도 모른다고 생각했다.

은하는 2년 동안 단 한 번도 착상에 성공하지 못했다. 의사가 수정란을 배양해서 자궁 안에 넣어주는데도 은하와 남편의 배아는 단 한 번도 은하의 자궁에 발자국

을 내지 못했다. 임신테스트기에 두 줄이 뜬 것을 본 적
도 없었다. 나예란 선생은 은하보다 세 살 어린 남편의
정자는 정액 검사 결과 지나치게 건강하다고 했다. 결
국 은하에게 문제가 있다는 뜻이었다. 은하는 난임병원
에 가는 것이 불편했다. 아무도 은하를 불편하게 하지
않았지만 그래서 더욱 불편했다. 그곳에서는 의사든 간
호사든 간에 환자를 너무 배려해줘서, 그러니까 마치
금방이라도 산산조각 날 수 있는 유리 다루듯이 해서
불편했다.

　은하는 서른한 살에 경찰공무원 시험을 보고 당당히
합격했다. 다니던 회사를 그만두고 시험 준비를 하겠다
고 했을 때 모두가 말렸지만 1년 만에 합격해서 순경을
거쳐 경장이 되었다. 뒤늦게 이룬 꿈이어서 그런지 그
힘들다는 지구대 근무도 견딜 만했다. 가족계획을 세우
기까지는 시간이 걸렸다. 결혼도 친구들보다 조금 늦은
서른네 살에 했지만 임신한 상태로, 혹은 아이를 낳은
뒤 일하는 동료들을 지켜보며 자신은 할 수 없을 거라
고 생각했다. 안 그래도 여경을 무시하는 분위기가 만
연해 있는데 배가 불러오면 민원인들의 불만과 시비를
어떻게 감당해야 할지 아찔했다. 하지만 친정엄마와 시
어머니가 합심해서 아이를 키워준다는 말에 마음이 흔

들렸다. 중학교 교사인 남편도 방학이 있으니 동료들에 비하면 육아에 대한 걱정은 한시름 덜어낸 상태였다. 육아와 일 사이에서 균형을 잡을 수 있을까. 아이를 낳은 것을 후회하진 않을까. 문득문득 가슴 깊은 곳에서 의문이 밀려왔지만, 얼결에 등 떠밀려 병원에 다니기 시작한 은하는 일과 난임치료를 병행하느라 진지하게 자신의 내면의 소리에 귀 기울일 여유가 없었다. 은하는 병원에 다니는 시간이 길어질수록 이렇게까지 해서 아이를 가져야 하는 건가 하는 생각이 강해졌다.

또다시 문자가 도착했다. 이번엔 헬로 베이비 단톡방이었다. 은하는 문자를 확인하지 않고 핸드폰을 내려놨다. 단톡방 여자들은 시도 때도 없이 대화를 나눴다. 어떤 날은 하루 종일 카톡 알림이 들렸다. 단톡방은 임신과 자궁에 대한 이야기로 가득했다. 임신을 결심하기 전에 은하는 자신의 몸에 자궁이 있다는 것에 대해서 진지하게 생각해본 적이 없었다. 뒤늦은 결혼과 임신 계획으로 삼십대가 되어서야 자신의 몸에 그런 기관이 있다는 것에 대해 의식하게 되었다. 은하는 나 선생을 처음 만난 날 자신의 자궁이 '후굴'이라는 소리를 듣고 황당하기까지 했다. 후굴이 대체 뭐냐고 물었더니 나 선생은 자궁이 조금 뒤쪽으로 굽어 있는 거라면서 그렇

게 놀랄 일은 아니라고 했다. 그날 은하는 하루 종일 맘
카페에서 '자궁 후굴' 관련 글을 찾았다. 자궁이 후굴인
사람이 생각보다 많은 것 같았다. 후굴일 경우 진통 시
허리통증이 심하기 때문에 제왕절개를 하는 게 좋다는
글과 배 초음파 보기가 힘들어서 질식 초음파로 봐야
한다는 글이 보였다. 어쨌거나 남들과 다르다니 신경이
쓰이는 건 사실이었다.

착상혈 사진에 대한 반응을 확인하기 위해 다시 맘
카페에 접속한 은하는 자신의 글에 달린 댓글들을 보고
가슴이 두근거렸다.

─별무리님, 착상혈 맞는 거 같아요. 저도 비슷한 색
의 피를 본 다음 피검 통과했어요. 임신 축하해요!

─와! 곧 아기천사 만나실 거예요.

─별무리님, 엄마 되신 거 축하합니다!

물론 착상혈만으로 임신을 확신할 순 없었다. 은하는
이튿날인 설날 아침부터 임신테스트기를 앞에 놓고 테
스트를 할까 말까 고민했다. 은하는 시험관을 할 때마
다 임테기의 늪에 빠져 허우적댔다. 세 시간 간격으로
소변을 짜내어 임테기에 묻힌 뒤 눈이 빠져라 노려봤
다. 임테기 위로 붉은색이 노을처럼 번지다가 사라지면

한 줄 혹은 두 줄 선고가 내려진다. 은하는 우주의 시간처럼 아득하게 느껴지는 그 고독한 시간을 눈을 부릅뜨고 견뎠다.

은하에게는 아직까지 아무런 증상이 없었다. 지난여름 단톡방 멤버 세 명(문정, 은하, 지은)이 비슷한 시기에 배아 이식을 받아 단톡방에서 와이존 콕콕부터 유두 찌릿, 잦은 소변, 아랫배 콕콕, 밑이 빠진 느낌, 설사, 심지어 변비와 겨드랑이 간지러움까지 온갖 증상을 뿜냈지만 아무도 임신하지 못했다. 은하가 듣기로 진짜 아기는 소리소문도 없이 찾아온다고 했다. 임신한 사람 중에는 아무런 증상이 없었던 사람이 태반이었다. 그런데도 은하는 증상놀이를 멈출 수 없었다. 이번에도 유혹을 이기지 못하고 임테기에 소변을 적셨지만 결과는 선명한 한 줄이었다. 임테기를 손에 들고 부엌 식탁 위에 달린 샹들리에 밑에서도 비춰보고 베란다로 나가 햇빛에도 비춰봤지만 임테기는 한 줌의 희망도 보여주지 않았다. 은하는 냉장고에 붙여둔 배아 사진을 들여다보며 말했다.

"잘하고 있는 거지?"

그 어느 때보다 예쁘게 나온 배아였다. 3일 배양 배아는 활짝 핀 벚꽃처럼 영롱하고 사랑스러웠다.

갑자기 단톡방 알림이 쏟아지기 시작했다. 알림을 끄기 위해 핸드폰을 들어올린 순간 은하는 자리에서 벌떡 일어났다. 오래도록 소식을 듣지 못한 정효 언니가 아기를 낳았다니. 은하는 축하 문자를 보냈다. 길게 대화를 이어갈 새도 없이 '김소현 순경'이 액정화면에 떠올랐다. 전화를 받자마자 소현의 다급한 목소리가 흘러나왔다.

"경장님, 지금 신생아 실종사건 때문에 지구대가 발칵 뒤집혔어요."

은하는 출근 시간보다 네 시간 이른 오후 3시에 지구대로 달려갔다.

지구대 분위기는 살벌했다. 맘카페를 중심으로 글이 올라오기 시작하더니 언론에 보도가 되었고, 지구대에 전화가 빗발쳤다. 병원에서 즉시 경찰에 신고하지 않고 내부적으로 아기를 찾다가 시간이 지체된 상황이었다. 지구대장은 모든 인력을 동원해 아기를 찾으라고 했다. 지구대원들은 병원 일대를 샅샅이 뒤졌지만 아기를 봤다는 사람도, 아기를 안고 가는 사람을 봤다는 사람도 없었다. 병원에 설치된 CCTV 영상을 확인했지만 화질이 좋지 않았다.

은하는 신생아실 앞에서 아기를 도둑맞은 여자를 만

났다. 그녀는 우는 것도 지쳤는지 유리벽 너머 신생아실에 누워 있는 아기들을 눈으로 좇으며 멍하니 서 있었다. 오후 7시가 되어서야 CCTV 분석이 끝났고 실종된 아기 위치가 파악되었다. 박 팀장, 강 순경과 함께 순찰차에 올라 아기를 찾으러 가는 동안 은하의 머릿속은 정효에 대한 생각으로 가득했다. 이상한 일이었다. 아기를 도둑맞은 여자를 만나자 오랜 시간 간절히 아기를 기다린 정효가 떠올랐다.

은하가 정효를 만난 건 단 한 번이었다. 재작년 늦가을, 은하는 소라와 함께 처음으로 헬로 베이비 오프 모임에 나갔다. 집과 지구대를 오가던 은하는 휴무일에 제복을 벗고 또래 여자들을 만난다는 사실에 묘하게 흥분이 됐다. 소라의 차가 호텔 입구로 접어들었을 때, 은하가 물었다.

"무슨 모임을 호텔 스위트룸에서 해?"

"호텔 예약한 언니 남편이 잡아줬대. 그 언니네 시댁이 엄청난 부자라더라."

은하는 그 누구보다 문정이 궁금했다. 학창 시절 소라네 집에 놀러가면 항상 문정이 은하를 반겨줬다. 소라네 집은 작은 마당이 있는 단독주택이었다. 은하는 소라와 소라 언니인 유라, 유라의 친구인 문정, 소라의 사촌언니 지영과 함께 햇빛이 환하게 들이치던 거실과 2층 침대가 놓인 방을 오가며 놀았다. 은하가 초등학교 4학년이었으니 언니들은 고등학생이었을 것이다. 외동인 은하는 맞벌이하는 부모가 귀가할 때까지 집 안의 가전제품들과 대화하며 시간을 보내는 게 익숙한 아이였다. 그런 은하 눈에는 소라네 집이 유난스러워 보였다. 하지만 가끔은 그런 여자들의 시간이 그리울 때가 있었다. 가벼움과 무거움을 넘나드는 수다와 농담, 특히나 무언의 시간들이. 때로는 아무런 말도 하지 않고 그저 뒹굴뒹굴, 한 공간에서 각자 하고 싶은 일을 하며 시간을 보냈는데 특별할 것 없는 그 시간이 은하의 기억에 뚜렷이 남아 있었다.

호텔 방에는 이미 세 사람이 도착해 있었다. 모두가 은하를 반겨줬다. 은하는 지은을 보자마자 알았다. 밝은 미소와 눈화장으로 감췄지만 어젯밤 울다가 잠들었다는 것을. 지은은 때때로 걱정스러운 표정으로 주식 앱을 들여다봤다. 새하얀 피부에 붉은 립스틱이 잘 어울리는 혜경은 한눈에도 '센캐'로 보였다. 그녀는 장전된 총 같았다. 부드러운 눈매에 숨겨진 그녀의 총알 같은 눈은 언제든 튀어나갈 준비가 되어 있는 것처럼 날카로웠다. 문정은 어제 만난 것처럼 여전히 친근했다.

눈가에 주름이 조금 늘었을 뿐 크게 변하지 않았다.

은하는 화장실에 가는 척하면서 스위트룸을 구경했다. 그러고 보니 스위트룸에 들어와본 건 이번이 두 번째였다. 시보 딱지를 떼고 순경이 된 지 얼마 안 되었을 때, 호텔 스위트룸에서 신고가 들어왔었다. 두 팔이 침대에 묶인 채로 복부에 칼을 맞은 여자가 침대에 누워 있었다. 범인은 1년 동안 여자를 스토킹한 전남친이었다. 그날 은하는 경황도 없었지만 죄책감 때문에 스위트룸을 둘러볼 생각을 하지 못했다. 그때 은하에게 스위트룸은 피투성이 방일 뿐이었다. 은하는 경찰이 무능하기 때문에 여자들이 범죄에 희생된다고 생각했다.

그날 정효는 가장 늦게 호텔에 도착했다. 은하는 재킷을 옷걸이에 걸어 옷장에 넣은 뒤 소파로 다가오는 정효와 시선이 마주쳤다. 정효가 모두에게 골고루 시선을 주며 말했다.

"늦어서 미안. 연락도 없이 갑자기 시어머니가 집에 오셔서."

정효는 단아한 외모도 그랬지만 나긋나긋한 말투라든가 조심스러운 몸가짐이 요즘 여자 같지 않았다. 우아하고 기품 있는 조선백자 같아서 다가가기가 망설여졌다. 그런 은하에게 먼저 다가와 인사를 한 건 정효였다.

"은하 씨 반가워요. 오프에선 처음이네요."

문정이 정효에게 물었다.

"그래도 언니, 분가하니까 좋지? 분가시켜주려면 진 즉에 시켜주지."

지은이 정효 대신 답했다.

"분가하면 뭐 해. 한 해의 반은 남편이 출장 중인걸. 분가하면 바로 애가 들어설 줄 아셨는지 일주일이 멀다 하고 전화해서 좋은 소식 없냐고 물어본대. 일부러 시 댁이랑 멀리 떨어진 송파로 이사를 왔는데도 자주 찾 아오고. 오늘도 아침부터 시할머니가 전화해서 분가한 지 2년이 다 되어가는데 왜 아직도 소식이 없냐고 하셨 대."

정효는 멋쩍은 듯 웃었다. 늦게라도 분가한 것은 다 행이었지만 분가를 이유로 시댁에서 더욱 임신 소식을 기다리는 모양이었다.

룸서비스로 주문한 음식을 먹으며 모두 즐겁게 떠들 때 정효가 은하에게 물었다.

"이번 달에 시험관 해요?"

"일주일 뒤에 채취해요."

"나는 채취하는 건 무섭지만 수면마취 하는 건 좋아 요. 잠시라도 푹 잘 수 있잖아요. 요즘 불면증이라서."

그러고 보니 정효의 눈에 핏발이 서 있었다.

여자들은 따로, 또 같이 말했다. 이럴 거면 왜 굳이 모였을까 싶게 모임의 목적이 분명해 보이지 않았다. 다 같이 이야기하다가 옆에 앉은 사람과 속닥였고 슬라이딩 도어를 열고 발코니로 나가 둘, 셋씩 고개를 맞대고 속삭였다. 자기 집처럼 냉장고를 여닫으며 음식을 꺼내 먹고, 눈시울을 붉히다가도 배꼽이 빠지도록 웃어댔다. 지은은 한쪽에서 요가를 했고 소라는 바닥에 드러누운 채로 텔레비전을 봤다. 누군가 배가 고프다고 하자 피자를 주문해 순식간에 먹어치웠고 다 함께 인기 드라마를 시청했다. 드라마가 끝나자 무알코올 와인을 땄다. 분위기가 무르익었을 즈음 정효가 뜻밖의 말을 했다.

"나 이제 그만하려고 해. 남편한테 더 이상 시험관 시술 받지 않겠다고 했어."

여자들의 눈이 커졌다. 혜경은 미소를 지었고 지은의 눈에는 눈물이 차올랐다. 문정이 정효의 손을 잡으며 말했다.

"그동안 고생했어, 언니."

어느 누구도 길게 말하지 않고 고개를 끄덕였다. 잠시 침묵이 흘렀지만 모두 아무 일 없었다는 듯이 다시 먹고 마셨다. 은하의 눈에 정효는 우물 같았다. 파도 파도 깊이를 알 수 없는 우물. 은하는 정효가 현장에서 마주한 여자들을 닮았다고 생각했다. 진술서를 수십 번 작성해도 언제든 진술을 뒤엎을 수 있는 여자. 그녀의 눈동자가 그렇게 말하고 있었다.

40세 최설주

마트에 다녀오는 길이었다. 설주는 10미터 앞에서 잰 걸음으로 걷는 아랫집 여자를 발견했다. 무슨 좋은 일이 있는 걸까. 그녀의 발걸음은 가벼워 보였다. 그때, 갑자기 아기 울음소리가 들렸다. 설주는 소리의 근원지를 찾아 고개를 이리저리 돌리다가 아랫집 여자에게서 나는 소리라는 걸 깨달았다. 여자는 아파트 동 입구로 들어가려다가 불현듯 방향을 틀어 오른쪽에 있는 벤치에 앉았다. 여자가 목까지 올린 패딩 지퍼를 내리자 갓난아이의 민둥머리가 나왔다. 여자는 아기를 품에 안고 달랬다. 설주는 여자가 앉은 벤치 뒤쪽으로 이동해 아기를 훔쳐봤다. 저 여자에게 아이가 있었던가? 언제 낳은 걸까? 아무리 생각해도 배가 부른 아랫집 여자를 본 기억이 없었다. 그렇다고 단정지을 순 없었다. 다섯 달 동안 설주와 아랫집 여자는 마주친 적이 없었기 때문이

다. 눈에 띄게 배가 나오는 임신 중기 이후로 외출을 삼
갔거나 친정집에 머물렀을지도 모를 일이었다. 설주만
해도 쌍둥이를 임신했을 때 남편과 싸우고 집을 나가서
임신 중기까지 친정집에서 지냈다. 남편이 집에서 담배
를 피운 것이 싸움의 발단이었다. 집에서 담배를 피우
지 말라고 아무리 말해도 남편은 베란다 창문을 열고
몰래 담배를 피웠다. 남편은 베란다에서 피우면 설주에
게 피해를 주지 않는데 왜 잔소리를 하느냐고 했지만
이웃집에서 항의하면 사과를 해야 하는 것은 설주였다.

문득 재작년 여름 19층에서 엘리베이터에 탄 여자들
이 떠올랐다. 엘리베이터 안에서 여자들은 복잡한 표정
으로 서로 시선을 나눴다. 키가 작고 통통한 여자가 말
했다.

"유산한 지 얼마나 됐다고. 좀 내버려두지. 올해만 두
번 유산했어. 지난달에 자궁 외 임신으로 난관절제를
했는데 남편은 오지도 않았대. 시댁은 몸이 회복되기도
전에 아들 타령이고."

뿔테안경을 쓴 여자가 눈을 크게 뜨며 말했다.

"이게 무슨 자다가 봉창 두드리는 소리야? 21세기
에."

단발머리 글래머가 말했다.

"시대가 변해도 시댁은 안 변하니까. 그럼 임신하면 더 큰 헬이 열리는 거네? 아들이 아니면 어쩌나 걱정해야 하잖아."

그들이 아랫집에 방문한 손님이라는 건 알았지만 그 대화가 아랫집 여자에 대한 이야기일 거라고는 생각하지 않았다. 설주 눈에 아랫집 부부는 확고부동한 딩크로 보였기 때문이다. 설주는 아랫집 여자가 아기를 싫어한다고 확신했다. 아기 울음소리가 들린다고 자주 불만을 제기했고 감당하지도 못할 거면서 왜 셋이나 낳았느냐는 표정으로 자신을 쳐다보는 것을 여러 번 봤다. 언젠가 엘리베이터에서 마주쳤을 때, 장난이 심한 쌍둥이가 핸드레일에 철봉 운동을 하듯 매달려 있었는데 아랫집 여자는 이런 원숭이 같은 애들과는 한 공간에 있기 싫다는 듯 설주에게 먼저 내려가라고 말했다. 유모차에 태운 셋째까지 자지러지게 울어댔으니 이해가 안 가는 건 아니었지만 기분이 좋지는 않았다. 그런 상황에서도 아이가 있는 여자는 공감의 미소를 건넸다. 아랫집 여자처럼 냉소적인 눈빛을 보내진 않았다. 설주는 그런 아랫집 여자가 측은했다. 엄마가 되어보지 않은 사람이 알 리가 있겠는가. 40주 동안 배 속에 생명을 품고 수많은 고비를 넘기다가 몸을 찢는 고통을 견딘 뒤 아기를 낳으면 아무도 알려주지 않은 악몽이 시작된다. 살은 화성 표면처럼 징그럽게 트고 항문에선 꽃이 피어나고 오줌은 시도 때도 없이 새고 우울감이 시시각각 찾아온다. 하지만 그 모든 것을 상쇄할 만큼의 충만한 기쁨이 있다는 걸 저 여자는 알까. 설주는 이런 생각을 하는 자신에게 흠칫 놀랐다. 결혼하기 전에 설주는 절대로 이런 사람이 되지 않겠다고 다짐했었다. 화젯거리라고는 임신과 육아밖에 없는 사람, 엄마가 된 것을 대단한 것으로 생각하는 사람 말이다. 게다가 저 여자는 그런 기쁨을 알고 싶지도 않을 것이 분명했다. 그런데도 설주는 아기 낳는 것을 무가치하다고 생각하는 사람들에게 상처를 받았다. 가끔은 적대감도 느꼈다. 설주는 아랫집 여자도 그런 부류일 거라고 생각했다. 아기와 중국어를 동일시하는 사람.

지난해 연말, 설주는 아이들을 엄마에게 맡기고 동창회에 나갔다. 서른아홉 살에 대기업 임원이 된 대학 동창은 세련된 제스처를 취하며 말했다.

"나한테 아기는 중국어 같은 거야. 배워두면 충분히 유익하고 그것이 내 삶을 더 풍요롭게 해줄 거라는 걸 알지만 굳이 내게는 필요 없는 것. 알다시피 난 어려서부터 유럽 문화에 심취했어."

설주 안에서 조금씩 불꽃이 타오르기 시작했다. 친구들은 벌써 다른 화제로 넘어갔는데 서서히 부아가 치밀었다. 설주는 잘나가는 여자들이 저런 식의 말을 하는 것을 여러 번 들었다. 중국어는 괜찮은 비유라고 생각했다. 중국어는 스페인어, 외제차, 명품가방 그 무엇도 될 수 있었다. 설주는 하고 싶은 말이 많았지만 하지 않기로 했다. 하지만 생각과는 다르게 훈계조의 말이 입에서 흘러나왔다.

"그래도 중국어를 한번 배워보는 것도 좋지 않을까? 중국어를 공부하면 중국 문화를 좀 더 이해할 수 있을 거고 그럼 유럽 문화도 좀 더 깊이 이해할 수 있을 거 아니야. 알다시피 문화는 서로 통하고 세계는 이어져 있으니까."

설주는 그런 자신에게 당황해 핸드백을 둘러메고 서둘러 밖으로 나왔다. 친구들이 황당해하는 모습이 굳이 보지 않아도 느껴졌다. 그날따라 아이를 낳은 친구가 한 명도 나오지 않아서 설주 편을 들어줄 사람도 없었다. 친구들은 설주가 나가자마자 폭소를 터트리며 이런 대화를 나누었을 것이다.

"쟤는 자랑할 게 아기 낳은 것밖에 없나봐."

"지 애 지한테나 이쁘지."

"지가 셋이나 낳아놓고 힘들다고 징징징."

설주는 택시 안에서 멍하니 창밖을 내다보다가 집 앞에 와서야 코웃음을 치며 중얼거렸다.

"뭐? 중국어? 아기는 중국어가 아니야. 중국어가 될 수 없어. 아기는!"

물론 그 친구에게서 그런 말을 끌어낸 건 만날 때마다 눈치도 없이 아기 이야기만 떠들어댄 설주를 포함한 아이가 있는 친구들이었을 것이다. 설주도 아기를 낳기 전에는 엄마들이 일부러 자기 앞에서 아기 이야기만 한다고 생각했다. 시한폭탄 같은 말썽쟁이 생명체를 자신은 전혀 부러워하지 않는데 말이다. 하지만 막상 아기를 낳고 나니 설주 역시 이야기하지 않고서는 배길 수 없었다.

임신했다는 사실을 처음 알았을 때 설주는 너무 놀라고 신기해서 SNS에 아기 심장 소리 영상을 올렸다. 그러고는 금세 삭제했다. 임신하기 전에는 엄마들이 왜 저렇게 사적인 정보를 SNS에 올릴까 싶었는데 스스로 의식하지 못하는 사이 자신도 그렇게 행동하고 있었다. 병원에서 태아의 성별을 확인했을 때는 SNS에 올리지 않을 수 없었다. 그건 일종의 통보였다. 자신 안에 소중한 존재가 생겼다는 것을 세상에 알리는 것이었다. 매일 일상을 올리면서 아기에 대한 이야기만 하지 않는 것도 부자연스러운 일이라고 생각했다. 하지만 언젠가부터 설주의 인스타그램 팔로워 수가 조금씩 줄어들었다. 어떤 사람은 심지어 임출육(임신 출산 육아)에 대한 이야기만 늘어놓는 계정과는 인친을 하고 싶지 않다면서 그런 포스팅을 자제해달라는 DM을 보내기까지 했다. 내가 임출육에 대한 이야기만 늘어났나? 그날 설주는 하루 종일 자신의 SNS 게시글을 훑어봤다. 정말 그랬다. 쌍둥이를 임신했다는 사실을 알았을 때부터 설주는 임출육에 대한 게시물만 올렸다. 그것이 설주의 일상이었기 때문이다. 회사에 있을 때도 설주의 신경은 온통 집에 있는 아이들에게 쏠려 있었다. 임신 출산 육아. 그것이 보태지도 빼지도 않은 설주의 삶이었다.

설주는 들어가고 싶었던 회사에 입사해 일을 배웠고 첫눈에 반해 연애를 시작했으며 3년의 열애를 거쳐 양가의 축복을 받으며 결혼했다. 신혼을 즐길 새도 없이 아이가 찾아왔다. 피임을 했는데도 임신을 해서 놀랐지만 쌍둥이라는 말을 듣고는 머리를 한 대 가격당한 것처럼 정신이 멍했다.

쌍둥이를 낳았을 때만 해도 설주는 일을 그만둘 생각이 없었다. 설주는 당당히 출산휴가와 육아휴직을 신청

했다. 뒤에서 수군대는 소리가 들렸지만 3개월의 출산 휴가와 1년의 육아휴직을 거의 다 쓰고 복직했다.(눈치 껏 한 달 일찍 복직했다.) 이후 회식이라도 있어서 늦게 들어가면 남편은 노골적으로 싫은 티를 냈다. 남편은 시터가 퇴근한 뒤 고작 네다섯 시간 아이들을 봤다고 생색을 냈다. 애 엄마가 왜 이리 늦게 다녀? 일부러 늦게 온 거 아니야? 설주가 나 혼자 낳은 아이냐고, 아빠가 보면 안 되는 거냐고 따지면 남편은 애들이 엄마만 찾는다고 했다. 설주는 그 말에 죄책감을 느꼈다. 아이들을 낳아놓고 정작 아이들이 엄마를 필요로 할 때 방치했다는 생각에 마음이 괴로웠다.

복직한 지 열흘도 되지 않아 익숙하고도 불길한 감각이 몸에 찾아왔다. 회사 화장실에서 임신테스트기에 소변을 적시던 설주의 손그림자가 흔들렸다. 쌍둥이를 낳은 지 1년도 되지 않은 시점이었다. 설주는 억울했다. 이번엔 철저하게 피임을 했는데. 셋째는 두 개 겹쳐 사용한 라텍스 콘돔을 뚫고 찾아왔다. 설주는 또다시 출산휴가와 육아휴직을 신청할 생각에 아찔했다.

설주는 시터에게 월급을 깡그리 털어주면서 만삭이 될 때까지 회사에 나갔지만 힘들게 구한 시터가 쌍둥이를 보는 게 힘들다고 그만두는 바람에 예정일을 20일

남겨놓고 출산휴가를 냈다. 급한 대로 친정엄마에게 쌍둥이를 맡기고 산후조리원에 들어갔다. 출산휴가가 끝나면 다시 일하겠다는 설주에게 남편이 말했다.

"시터도 못 구했는데 일하겠다고? 당신이 나가서 벌면 얼마나 번다고. 당신이 안 벌어도 될 정도로 내가 벌게. 나 믿고 눌러앉아. 남자는 바깥일 잘하고 여자는 집안일 잘하자."

남편의 말에 반감을 느꼈지만 남편의 연봉이 매해, 그것도 큰 폭으로 올랐으므로 설주는 할 말이 없었다. 부부 중 한 사람만 일해야 한다면 많이 버는 쪽이 해야 한다고 생각했다. 아이가 하나도 아니고 셋이었다. 게다가 당시는 지독한 상사를 만나 유난히 일하는 것이 힘들기도 했다. 한직으로 밀려날까봐 힘들다는 말을 할 수도 없었지만 아기 엄마라고 사정을 봐주는 사람도 없었다. 어차피 육아휴직 먹튀, 아니면 맘충이었다. 육아휴직을 쓰다가 시터를 못 구해서 그만두게 되면 육아휴직 먹튀, 계속 회사를 다니면서 칼퇴근을 하면 맘충 소리를 들을 거였다.

육아에 지친 설주는 친구가 필요했다. 아랫집 여자와 아기를 매개로 친구가 될 수 있을까. 설주는 다가갈까 말까 망설이며 아랫집 여자의 뒤통수를 쳐다봤다. 그 순간 아랫집 여자가 자리에서 일어났다. 설주는 아파트 동 입구로 들어가는 아랫집 여자를 따라 들어갔다.

"같이 가요."

하지만 아랫집 여자는 설주가 다가오는 것을 뻔히 보면서도 엘리베이터 문을 닫아버렸다.

"뭐 저런 여자가 다 있어."

설주는 닫힌 엘리베이터 문 앞에서 씩씩댔다.

설주는 아랫집 부부와 같이 엘리베이터에 탄 적이 있었다. 재작년 이맘때였다. 남편이 출장에서 막 돌아온 건지 두 사람은 오랜만에 만난 눈치였다. 남편은 팔로 아내의 허리를 휘감아 자신에게 밀착시켰다. 두 사람은 서로의 눈을 들여다봤다. 설주는 쌍둥이가 볼까봐 신경을 곤두세운 채로 그들을 쳐다봤다. 11주를 지나고 있던 배 속의 셋째도 설주의 눈을 통해 그들을 보고 있었다.

아랫집 남자는 설주의 시선에도 아랑곳 하지 않고 아내에게 느끼한 목소리로 말했다.

"나 보고 싶지 않았어? 보름 만이네."

그들은 딩크가 틀림없었다. 평생 아이를 낳을 생각조차 없는 부부. 아이가 없어서인지 그들은 연인처럼 보였다. 남자가 바람둥이인지 아닌지는 알 길이 없었지만 미드에 나오는 매력남들이 으레 그렇듯이 개구쟁이였다. 19층까지 올라가는 짧은 시간 동안 아랫집 여자는 남편의 농담에 두 번이나 웃었다. 설주는 저렇게 귀여운 남자가 보름이나 집을 비우면 불안해서 한시도 견디지 못할 거라고 생각하면서도 저렇게 연애하듯이 아이 없이 사는 것도 나쁘지 않겠다고 생각했다.

엘리베이터에서 내린 설주가 도어록에 손을 대는 순간 집 안에서 퉁탕대는 소리가 들렸다. 이 녀석들, 또 무슨 장난을 치는 걸까. 엄마는 안 말리고 뭐 하는 거지? 문을 연 순간 엄마의 뒷모습이 보였다. 쌍둥이 첫째는 벽에 장난감을 집어던졌고 쌍둥이 둘째는 얼굴과 손에 케첩을 잔뜩 묻힌 채로 스크램블드에그를 먹고 있었다. 엄마는 자신의 무릎에 앉은 셋째에게 네 엄마에게 가라고 말하더니 허리를 펴며 소파에 앉았다. 뜻밖에도 엄마는 울기 시작했다.

"나 도저히 못하겠다. 이러다가 암이 재발하겠어. 왜 셋이나 낳은 거니? 감당할 수도 없으면서."

설주는 불쌍한 표정을 지어 보이며 말했다.

"엄마 힘드신 거 알지만 조금만 더 도와주시면 안 돼요? 오빠네 애들은 봐주셨으면서."

"그땐 내가 젊었잖니. 너도 네 오빠처럼 일찍 결혼해

서 애 낳지 그랬어. 갓난아이면 모를까 막내도 이제 잘 걸어다니는데. 한시도 가만 안 있는 애들을 셋이나 어떻게 봐?"

엄마는 자리에서 일어나 코트를 입었다.

"지금 가시려고요? 자고 가시지."

엄마는 택시를 타고 가겠다고 하더니 금세 집에서 나갔다. 암 환자 같지 않은 신속한 몸놀림으로. 엄마의 암은 분명 완치되었다. 하지만 재발의 두려움에 갇혀 있는 한 엄마는 암 환자였다. 설주는 현관문에 대고 말했다.

"엄마, 죄송해요."

설주는 세상 모든 사람이 등을 돌려도 엄마만큼은 자기편일 거라고 생각했다. 그런 엄마가 아프니 기댈 곳이 없었다.

설주는 목소리를 가다듬고 시어머니의 전화번호를 핸드폰 액정화면에 띄운 뒤 잠시 노려봤다. 설주는 아침에 코로나를 핑계로 남편만 시댁에 보냈다. 시어머니에게는 설주와 아이들 모두 감기에 걸렸다고, 코로나에 걸린 건 아닌지 걱정이라고 거짓말을 했는데 남편이 제대로 연기를 하진 못했을 테니 시어머니는 벌써 눈치를 챘을 거다. 차라리 오늘 아이들을 시댁에 데려가서 반년만 봐달라고 사정해야 했을까.

"나는 애 못 봐준다. 네 애는 네가 키워라."

쌍둥이를 임신했을 때부터 그녀는 마치 설주의 배 속에 있는 아이들이 자기 아들이 아닌 다른 남자의 아이들이라도 된다는 듯 말했다. 시어머니는 며느리의 삶에 크게 관여하지 않았다. 그래서 좋은 점도 있었지만 아이를 낳고 보니 작은 도움이라도 절실했다. 솔직하다는 건 시어머니의 장점이었다. 설주는 환갑 이후로는 자신의 삶을 즐기겠다는 그녀의 생각을 존중하고 싶었다.

설주는 쌍둥이를 낳고 인력사무소를 통해 조선족 시터를 소개받았다. 설주 또래의 시터는 말수가 적었지만 설주의 마음에 들었다. 그녀는 면접을 볼 때 아이들이 자는 시간에 성경을 읽어도 되느냐고 물었다. 설주는 그녀를 믿었지만 친구들의 충고대로 녹음기를 숨겨뒀다. 녹음된 소리를 확인한 설주는 충격을 받았다. 녹음기에는 욕설이 가득했다. 그녀는 습관적으로 욕을 내뱉었다. 두 번째 시터는 다섯 번이나 면접을 봐서 까다롭게 골랐다. 이번엔 남편이 CCTV를 설치했다. CCTV를 확인할 때 설주는 긴장하지 않았다. 나이는 많아도 수더분한 인상의 한국인 시터가 미더웠기 때문이다. 설주는 그녀를 '이모님'이라고 부르며 공손히

대했다. 하지만 화면을 보는 내내 설주의 턱은 떨렸다. 이모님은 쌍둥이를 마치 모르는 아이들 대하듯이 했다. 아이들이 불러도 돌아보지 않았으며 아이들이 자지러지듯 울면 한 손을 들어올려 때릴 듯이 위협했다. 아이들은 이모님의 눈치를 보며 한쪽에서 놀다가 고개를 꾸벅거리며 졸았다. 이모님은 잠든 쌍둥이를 거칠게 들어올려 침대에 눕혔다. 그 짧은 영상이 설주에겐 한 편의 범죄 영화 같았다. 설주는 시터를 다섯 번이나 바꿨지만 회사에 가면 아이들이 걱정되어 견딜 수 없었다.

맘카페에 고충을 토로했더니 설주가 지나치다는 댓글이 달렸다. 한 명이 달자 다른 사람들도 기다렸다는 듯이 그에 동조하는 댓글을 달았다. 설주 같은 사람은 시터를 쓰면 안 된다고, 본인이 도맡아 해야 한다고 했다. 문제는 바로 그것이었다. 설주는 타인을 신뢰하지 않았다. 설주는 절대로 타인에게 아이를 맡길 수 없었다. 아기를 학대하는 시터와 어린이집 교사에 대한 뉴스는 잊을 만하면 올라와 설주의 불안을 부추겼다. 이 불안은 갑자기 찾아온 것이 아니었다. 쌍둥이를 낳고 산후조리원에서 돌아왔을 때부터였을 거다. 설주는 밤에 깊이 잠들지 못했고 자신이 일일이 확인해야 마음이 놓였다. 쌍둥이가 돌연사라도 할까봐 한밤중에도 수시로 깨어나 아이들을 확인했다. 쌍둥이가 뒤집기를 했을 때는 기뻤지만 혹시나 밤에 몸을 뒤집다가 베개에 얼굴이 파묻혀 죽을까봐 늘 가수면 상태였다.

셋째를 집에 데리고 들어온 날, 설주는 더 이상 시터를 알아보지 않고 홀로 감당하기로 마음먹었다. 퇴사를 결정하는 데는 오랜 시간이 걸리지 않았다. 설주 개인으로서가 아니라 엄마로서 내린 판단이었다. 설주는 회사를 그만두고 자신이 아이들을 보기로 했다. 어느 누구도 설주의 불안을 덜어줄 수 없었다. 세 아이를 홀로 보다가 쓰러져도 설주는 아이를 타인에게 맡길 수 없었다. 육아 감옥에 설주를 가둔 건 남편도, 회사도 아니었다. 형체도 실체도 없는 불안이라는 괴물이 설주를 감금했다. 어느 누구도 굳이 나서서 그런 설주를 구해주려고 하지 않았을 뿐이다.

46세 김정효

정효는 거실 소파에 아기를 올려놓은 뒤 아기방으로 들어가 아기용품이 담긴 커다란 가방을 들고 나왔지만 무엇부터 해야 할지 몰라 이리저리 서성였다. 아기가 울기 시작하자 정효는 기저귀를 갈아주었다. 그래도 울음을 그치지 않자 품에 안고 상의를 올려 젖을 물렸다. 아야! 아기가 젖을 빠는 힘이 생각보다 강했다. 가슴에서 떼어내자 아기는 더 큰 소리로 울기 시작했다. 정효는 아기를 아기침대에 내려놓은 뒤 가방 안에서 분유제조기를 꺼내 세척했다.

"어떻게 하는 거지? 콩닥아, 조금만 기다려."

정효는 설명서를 읽은 뒤 허둥대며 분유를 탔다. 다시 아기를 품에 안고 젖병을 물리자 아이가 힘차게 젖병을 빨았다. 정효는 길게 안도의 숨을 내쉬었다. 울음소리가 들리지 않으니 살 것 같았다. 정효는 그제야 아

직 아기와 제대로 인사를 하지 못했다는 것을 깨달았
다. 정효는 아기의 머리를 쓰다듬으며 속삭이듯 작게
말했다.

"콩닥아, 안녕?"

아기가 정효와 눈을 맞췄다.

"내 아가, 이제야 왔구나."

정효의 눈에서 눈물이 흘렀다. 정효는 아기가 젖병을
비우는 동안 눈물을 닦지도 않은 채로 울며 웃었다. 정
효는 누구에게 전화를 걸어 아기에 대해 이야기할까 생
각하다가 단톡방을 떠올렸다. 한때는 매일같이 들어가
시시콜콜한 대화를 나눴던, 시험관 시술을 그만하기로
결심하고 알림을 끈 이후로 들어가본 적이 없는 헬로
베이비 단톡방 말이다. 정효에게 헬로 베이비 동생들은
여전히 가장 가까운 친구였다. 인생의 반을 서로 모르
고 살았는데도 임신이라는 중대한 사건으로 엮인 관계
이기 때문인지 어려서부터 알고 지낸 친구들보다 가깝
게 느껴졌다.

정효는 단톡방을 클릭하기 전에 잠시 망설였다. 임
신 소식도 전하지 않은 나를 동생들이 이해해줄까. 정
효는 용기를 내어 단톡방을 열었다. 인원이 줄지 않은
것을 보니 아직 아무도 임신에 성공하지 못한 모양이었

다. 정효는 동생들에게 말을 걸 용기가 나지 않았다. 아기를 낳았다는 소식을 전하면 누군가 상처 입지는 않을지 걱정이 되었다. 밀려 있는 문자들을 읽는 데만도 반나절은 걸릴 것 같았다. 정효는 결국 다 읽지 못하고 출산 소식을 알렸다.

정효의 걱정은 기우였다. 동생들은 진심으로 정효의 출산을 축하해줬다. 야간근무인 은하를 제외하고는 설날인 오늘 모두 기꺼이 아기를 보러 오겠다고 했다.

"내가 이러고 있을 때가 아니지."

정효는 배달 어플을 열고 한참 동안 검색을 했다. 수도 없이 해온 홈 파티인데도 오랜만에 하려니 무엇부터 해야 할지 막막했다. 정효는 단톡방에 문자를 보냈다.

―중식 주문하려는데 어때? 예비맘들에게 중식 괜찮을까?

문정이 답했다.

―좋아 언니. 팔보채, 탕수육은 꼭!

정효는 동생들이 오는 시간에 맞춰 도착하도록 주문을 한 뒤 아기에게 다가갔다. 정효는 잠든 아기를 내려다보며 첫돌이 지나면 아이를 데리고 이완석 선생을 만나러 가야겠다고 생각했다.

지난해 여름, 생리가 시작되지 않았다. 여러 차례의

시험관 시술로 몸에 무리가 왔다고 생각하고 한약을 지어 먹으며 몸보신을 했다. 정효는 생리가 끊긴 지 두 달이 지나도록 병원 방문을 미루다가 집 근처 산부인과 병원에 방문했다. 개업한 지 얼마 안 된 병원으로 낮은 건물 1층에 들어선 아담한 병원이었다.

"폐경입니다. 조금 일찍 찾아온 것 같네요."

정효는 해맑은 얼굴로 폐경이라고 말하는 젊은 의사에게 여유롭게 웃어 보인 뒤 그대로 진료실에서 나왔다. 폐경? 사람을 뭘로 보고. 내 몸은 내가 가장 잘 알아. 이완석? 정효는 의사의 이름을 가슴에 새겼다. 초짜 의사가 분명했다. 오진일 거라고 생각했다. 마흔다섯 살인데 벌써 폐경일 리가 없었다. 정효는 마지막으로 진료를 받았던 아기천사병원의 김수혁 선생에게 가볼까하다가 그만뒀다. 사실 어느 선생에게 가도 상관없었다. 그 병원에서 정효를 모르는 의사는 없었다. 나예란, 고덕수, 손영수, 차웅환, 신자영……. 아기천사병원의 모든 의사에게 정효는 진료를 받았다. 의사뿐인가. 간호사들도 정효를 잘 알았다. 고 선생 반의 박 간호사는 병원에서 우연히 마주칠 때마다 정효를 안쓰러운 눈빛으로 쳐다봤다. 저 사람이 아직도 병원에 다니는구나, 생각하는 것 같았다. 힘들게 발길을 끊은 아기천사병원에 다시 가고 싶지 않았다. 정효는 두 달을 아무 생각 없이 흘려보냈다. 기다리던 생리는 시작되지 않았고 헛구역질이 시작됐다. 설마……? 그러고 보니 속이 메슥거린 것이 처음도 아니었다. 지난달부터 속이 안 좋아 소화제를 달고 살았다. 지난주와는 비교도 할 수 없을 정도로 헛구역질이 심했고 소변도 자주 마려웠다. 모두 임신 증상이었다. 정효는 인터넷 검색을 통해 입덧은 임신 4~5주에 시작되어 8주에 심해진다는 것을 확인한 뒤 자신의 블로그에 '임신 8주'라고 적었다. 블로그 이웃들이 몰려와 축하 댓글을 달아줬다. 정효는 모든 댓글에 정성껏 감사하다는 답글을 달았다.

입덧을 가라앉히는 약이 있다고 들었지만 정효는 먹을 생각이 없었다. 임신부는 감기약도 조심해야 했다. 이전에도 임신을 한 적이 있었지만 입덧이 찾아온 건 처음이었다. 이렇게 입덧이 강한 걸 보니 이번엔 제대로 찾아온 모양이었다. 어쨌거나 입덧은 아이가 배 속에 있다는 확실한 증거였다. 정효는 당장 병원으로 달려가 이완석 선생에게 입덧하는 모습을 보여주고 싶었지만 흥분을 가라앉혔다. 의사는 물론 남편에게도 임신 사실을 알리지 않을 생각이었다. 난임병원에 다니는 동안 방관자 입장으로 일관한 남편에게는 배가 불러올 때까지 침묵할 작정이었다. 극심한 스트레스를 준 시어머니와 시할머니에게도 배 밖으로 나와 두 발로 걸을 때까지 아이를 보여주지 않을 생각이었다.

아이를 낳아 집으로 데리고 들어온 지금, 지나간 날들이 눈앞을 스쳐지나갔다. 남편과 결혼해서 이 집안의 맏며느리로 살아온 시간들이.

남편을 만난 건 대학교 3학년 때였다. 정효는 도서관에서 여러 번 마주친 남편의 적극적인 구애로 데이트를 시작했다. 정효와 남편은 함께 수업을 듣고 도서관에서 공부를 하고 캠퍼스 안에서 손을 잡고 거니는 평범한 연인이었다. 정효의 감정에 변화가 생긴 건 그가 부유한 집안의 아들이라는 것을 안 이후였다. 정효는 그가 좋아질수록 두려웠다. 양쪽 집안 수준 차이가 엄청나서 아무래도 결혼은 힘들 것 같았다. 그런 집에서 자신을 며느리로 반길 리 없었기 때문이다. 정효 아버지는 배달을 하다가 교통사고를 당한 이후로 백수로 지낸 지오래였고 어머니는 식당에서 일했다. 남편은 눈만 마주쳐도 설렐 정도로 매력적이었지만 부잣집 도련님이라서인지 가끔 제멋대로였다. 한번 화가 나면 그는 정효가 손이 발이 되도록 빌어야 화가 풀렸고 때때로 어린애처럼 고집스러웠다. 정효는 부잣집 도련님의 결혼 전

연애 상대가 되어줄 생각은 추호도 없었다. 정효는 남편에게 전화로 헤어지자고 통보한 뒤 번호를 바꿨다. 자취방에 찾아와도 문을 열어주지 않았다. 그러고는 앓아누웠다.

한 달이 지났을까. 누군가 정효를 찾아왔다. 기품이 넘치는 중년 여성이었다. 그녀가 정효의 허름한 자취방을 둘러보며 말했다.

"아가씨가 김정효 씨?"

그녀는 자신이 그의 어머니라고 했다. 정효는 내심 놀랐다. 그동안 그에게 들어왔던 것과 크게 달랐기 때문이다. 그는 자기 엄마를 두고 자기밖에 모르는 마귀할멈, 이기적인 속물이라고 했다. 그러면서도 불쌍한 분이라고 했다. 그녀가 정효의 손을 잡으며 말했다.

"결혼 날짜 잡으러 왔어요. 다가오는 가을이 좋을 거같은데."

당황한 정효에게 그녀가 말했다.

"우리 아들이 그러더군요. 자신의 허물까지 덮어주는 여자라고."

그녀는 아들 흉내를 내며 말했다.

"이 친구하고라면 행복한 가정을 꾸릴 수 있을 거 같아요. 정효는 어떤 상황에서건 감정적이지 않아요."

그녀가 크게 웃은 뒤 말했다.

"놀랐어요. 내 아들이 그런 말을 하다니."

어디선가 들은 이야기였다. 네 덕분이야. 우리 가정의 평화는 정효 덕분에 지켜진 거야.

"그동안 교제한 여학생이 몇 명 있었던 것 같은데 석 달을 못 넘기더군요. 아들이 어릴 때 내가 제대로 못 돌봐줬어요. 애 아빠가 젊은 여자하고 바람이 났는데 거기 쫓아다니느라 바빴거든요. 엄마로서 안 좋은 모습을 많이 보여줬어요. 우리 집안은 일찍 결혼해서 가정을 꾸려야 하는데 아들이 나 때문에 결혼에 대해 부정적인 생각을 갖게 된 것 같아요. 저래서 장가나 갈 수 있을까 걱정했는데 2년이나 만난 여자가 있다고 해서 내심 기대하고 있었어요. 그런데 무슨 일인지 자기를 만나주지 않는다고 얼굴이 말이 아니더라고요. 며칠 동안 술만 마시네요. 이러다가 상사병으로 죽겠다 싶어서 체면이고 뭐고 내던지고 왔답니다."

그녀는 며느리를 딸과 같이 여기며 함께 살고 싶다고 했다. 부잣집에서 버릇없이 자란 며느리는 필요 없다고 했다. 정효의 집안 사정도 모두 알고 있었다. 그녀가 하소연처럼 내뱉는 말이 귓가에 울렸다.

"남편과는 한집에서 살지만 부부로서의 정은 없어요.

아들이 셋이나 있지만 미국에 있는 둘째, 셋째는 웬만해선 전화도 하지 않아요. 내가 키운 애들인데 이젠 낯설기까지 하답니다. 내겐 그 애밖에 없어요……."

그에게 대충 들은 이야기였다. 그의 아버지는 젊을 때 끊임없이 바람을 피웠고 어머니는 아버지의 부정을 캐고 다녔다. 집 안에는 항상 어머니의 울음소리가 가득했다. 부모의 불화에 지친 동생들은 일찍이 미국 유학을 떠났고 그곳에 정착했다. 어머니에게 동정심을 가진 아들은 남편뿐이었다. 남편은 어머니가 아버지 때문에 고통받는 모습을 지척에서 보며 자랐다. 남편은 아버지 대신 자신이 어머니를 책임져야 한다고 생각하는 것 같았다.

정효에겐 고독한 시어머니 비위 맞추기쯤은 일도 아니었다. 정효는 어릴 때부터 남의 감정을 헤아리는 데 능했다. 권위적이고 신경질적인 아버지, 주눅 든 어머니, 예민하고 마음이 여린 오빠. 집이 조용할 새가 없었다. 아버지는 감정이 격해지면 폭력을 휘둘렀고 경찰이 출동하기도 했다. 중재할 사람이 필요했고 정효가 자발적으로 그 역할을 맡았다. 살기 위해서였다. 정효는 자신의 감정은 일단 접어두었다. 그리고 시간을 들여 가족들을 관찰하고 분석했다. 심리학과 관계에 대한 책을

탐독했다. 정효는 경청할 줄 알았고 조심스럽게 자신의 의사를 전달할 줄 알았다. 가족의 모든 의사는 정효를 통해 전달됐다. 감정 처리와 표현에 서툰 가족들의 말을 부드럽게 전달하는 것이 정효의 역할이었다. 정효는 그녀의 아들과 결혼하기로 했다. 결혼하면 지긋지긋한 가족으로부터 벗어날 수 있을 것 같았다. 정효는 임용 시험 준비를 중단하고 결혼 준비에 돌입했다.

　신혼 생활은 시부모님 댁에서 시작했다. 말로만 듣던 강북의 고급주택가 단독주택 2층에 꾸며진 정효의 침실은 정효의 가족이 사는 집 전체를 합한 것보다도 넓었다. 남편이 주는 생활비는 넉넉했으므로 돈의 일부를 친정엄마에게 보낼 수도 있었다. 친척 언니들의 옷을 얻어 입고 학용품도 제대로 챙겨 다니지 못했던 정효는 스스로 물욕이 없다고 생각했었다. 부족한 생활에 길들여져서 명품 같은 것을 탐냈던 기억도 없었다. 그런 정효가 시어머니를 따라다니며 문화생활을 하고 백화점에서 옷가지를 선물받는 행복에 한동안 허우적댔다. 시부모는 며느리에게 관대했다. 출장이 잦은 아들 때문에 정효가 외로울까봐 고가의 선물을 아끼지 않았다. 시어머니를 따라 절에 가면 정효보다 부유한 집안 며느리인데도 시부모가 인색하다고 불평하는 여자들이 많았다.

무역업을 하는 남편은 신혼 때도 전 세계를 누비고 다녔다. 각오했던 것이지만 남편보다 시어머니와 함께 하는 시간이 많았다. 남편이 사업에 몰두할수록 정효와 시어머니가 같이 지내는 시간은 늘어났다. 정효가 밖에 나가서 돈을 벌 필요는 없었다. 남편이 너무나 많은 돈을 벌어왔기 때문이다. 일하느라 힘들지 않느냐고 물으면 남편은 웃으며 말했다.

"가끔은 힘들지. 하지만 당신이 어머니와 함께 즐거운 시간을 보내고 있다고 생각하면 전혀 안 힘들어. 오히려 힘이 나."

정효도 어느새 시어머니와 함께하는 생활에 익숙해졌다. 신혼 때만 해도 정효는 시어머니가 싫지 않았다. 싫다는 감정보다는 안쓰럽다는 마음이 앞섰다. 최소한 시어머니는 정효의 가족처럼 일방적이지 않았고 정효에게 보상과 대가를 지불했다. 정효는 대학에 다닐 때만 해도 자신이 이렇게 살게 될 거라고 예상하지 못했다. 그러니까 마치 정지해 있는 평화로운 풍경 그림 속에 들어온 것과 같은 삶을 살게 되리라고는. 창문만 열면 숲속에 들어앉은 기분에 젖어들 수 있는 집에서 유능한 남편을 기다리며 뜨개질이나 하면서 살게 될 줄은.

정효는 중학교 때부터 스스로 용돈벌이를 했다. 그

런 환경에서도 공부를 곧잘 했다. 정효는 주변 사람들의 기대를 받는 학생이었다. 가족들도 정효가 뭔가 대단한 존재가 될 거라고 했다. 그런 정효가 결혼을 통해 안착한 것이다. 어려서부터 지나친 의무감에 어깨가 무거웠던 정효는 돌덩이가 가득 든 가방을 미련 없이 내려놨다.

한 가지 신경 쓰이는 점이라면 시댁에서 지나치게 아이를 기다린다는 것이었다. 시할머니가 명절 때마다 내려와서 '손자' 타령을 했다. 30인분의 밥을 차려내야 하는 제사보다 견디기 힘든 건 임신에 대한 시댁의 압박이었다. 처음 시할머니께 인사드리던 날을 떠올리면 헛웃음이 나왔다. 그녀는 보석 감정이라도 하듯 정효를 이리저리 뜯어본 뒤 말했다.

"아기 잘 낳을 상이구먼. 어깨가 둥글고 골반이 크잖아. 얌전한 듯하지만 색기가 있네. 목석 같아서야 애가 들어서겠어?"

정효는 수치심을 숨긴 채 눈을 내리깔았다. 시어머니의 과거가 눈앞에 그려졌다. 시어머니도 시할머니와 늘 붙어다녔을까. 아들을 셋이나 낳아서 며느리로 인정받은 걸까. 시어머니는 시할머니를 싫어했다. 시할머니가 내려온다고 하면 신경이 곤두서 식사를 걸렀다. 하루는 저녁 시간에 반주를 하다가 중절수술 이야기를 꺼낸 적이 있다. 시어머니는 시할머니의 손에 이끌려 수술 잘한다는 선생님을 찾아갔다고 했다.

"그 시절에는 그런 일이 흔했어. 시할머니도 시아버지도 자식은 셋으로 충분하다는 거야. 아들이었다면 지우라고 했을까. 이제야 말하는 거지만 난 그 애를 낳고 싶었어."

그런 시어머니도 첫 손주로 아들을 원하는 것 같았다. 처음엔 부부에게 맡긴다면서 노골적으로 닦달하지 않았지만 머지않아 정효의 난임은 집안의 공식적인 걱정거리가 되었다. 5년이 되도록 아이가 생기지 않자 정효도 조금씩 걱정이 되기 시작했다. 정효도 아기를 원했다. 이 집에 '내 편'이 있었으면 좋겠다고 생각했다. 좀 더 자신과 가까운 존재가 있다면 때때로 밀려드는 소스라치는 느낌, 아무 이유 없이 눈물이 차오르는 순간이 사라질지도 모른다고 생각했다.

처음 난임병원에 방문하던 날, 정효는 남편이 아닌 시어머니와 동행했다. 첫 진료는 고덕수 선생에게 받았다. 당시 고 선생은 사십대 초반의 젊은 선생이었다. 시어머니는 우리 며느리 잘 부탁한다면서 고 선생에게 고개를 숙였다. 고 선생은 처음부터 인공수정이나 시험관 시술을 권하진 않았다. 서른 살로 아직 젊으니 조급하게 생각하지 말라면서 배란일을 받아서 자연임신을 시도하라고 했다. 자연임신과 인공수정 모두 실패로 돌아가자 정효는 서른두 살에 첫 시험관 시술을 받았다.

'손'이 바뀌면 임신에 성공한다는 주변 조언에 따라 1년마다 선생을 바꿔가며 진료를 받았지만 의사들이 나이를 먹고, 임신과 출산을 하고, 육아휴직을 마친 뒤 복직하고, 새로운 의사가 부임해오는 동안에도 정효에겐 아이가 찾아오지 않았다. 정효가 난임병원에 다니는 동안 올케와 친구들의 아이들이 태어났다. 결혼한 부부가 아이를 낳는 것은 자연스러운 일이었지만 정효는 매번 흠칫 놀랐다. 자신만 빼고 모두가 쉽게 임신하는 것처럼 보였기 때문이다.

정효는 남편과 조금씩 사이가 벌어졌다. 남편이 길에서 어린아이를 빤히 쳐다보거나 이웃집 아이에게 살갑게 대하기라도 하면 불쾌감과 초조함이 뒤범벅되면서 현기증이 났다. 동네 어른이 입양을 고려해보라고 했을 때는 굴욕감마저 느꼈다. 심지어 해외 출장을 간 남편이 사나흘 연락이 끊겼을 때 정효는 혹시 그가 머나먼 땅에 아이라도 낳아놓은 것은 아닌가 하는 망상을 했다. 남편은 그런 정효에게 정신과 상담을 받아보라고 권했다. 자신은 이제 아이를 원하지 않는다고도 했다. 그럴수록 정효의 의심은 더 커졌다. 남편의 출장은 날이 갈수록 길어졌다. 일주일에서 보름으로 늘어나더니 한 달 동안 집을 비운 적도 있었다. 그럴수록 정효는 반드시 임신해야 한다는 생각이 강해질 뿐이었다. 정효와 남편 사이의 문제라고는 아이가 없는 것 말고는 없었기 때문이다.

정효는 코를 틀어막은 채로 엄마가 가져다 준 흑염소 진액을 입에 털어넣었다. 시할머니가 보내준 아기 덧신을 처음엔 쳐다보지도 않았지만 나중에는 베갯잇 속에 넣고, 매일 들고 나가는 핸드백 속에도 넣어뒀다. 시할머니가 다니는 절에 따라가 백팔배도 했지만 아기는 찾아오지 않았다. 몇 차례의 초기 유산이 정효에게 씻을 수 없는 상처를 남겼을 뿐이다.

정효의 나이가 마흔을 넘어서자 드디어 시할머니의 연락이 끊어졌다. 시할머니는 손주를 보지 못하고 요양원에 들어갔다. 하지만 이젠 정효가 포기할 수 없었다. 한 해 두 해 시간이 흐르고 난소 나이가 많아져 임신하기 힘든 몸이 되어갈수록 아기를 갖고 싶다는 마음은 눈덩이처럼 불어났다. 정효는 진심으로 아기를 만나고 싶었다. 아기를 품에 안은 채로 젖을 물리고 눈을 맞추고 싶었다.

그날도 시어머니가 옆에 있었다. 나예란 선생이 웃으며 말했다.

"축하합니다. 임신입니다. 수치도 잘 나왔어요."

이렇게 높은 수치가 나온 것은 처음이었기에 시어머니는 정효보다도 기뻐했다. 44세에 높은 수치로 시험관 시술에 성공한 것이다. 시어머니는 이럴 줄 알았으면 진즉에 분가를 시킬걸 그랬다면서 정효가 병원에 갈 때마다 수행기사처럼 따라왔다. 하지만 신은 끝내 정효를 저버렸다. 임신 10주 차에 진료를 보러 병원에 방문한 날이었다. 정효는 담당 의사였던 나예란 선생의 표정을 잊을 수 없었다. 나 선생은 매번 병원에 동행하는 사람이 친정엄마가 아니라 시어머니라는 것을 알고 있었으므로 표정이 더욱 경직되었다.

"어머니, 잠시 밖으로 나가주시겠어요?"

시어머니가 밖으로 나간 뒤 나 선생이 말했다.

"심장이 뛰지 않네요. 유감입니다."

정효는 생각보다 덤덤했다. 눈물도 나오지 않았다. 정효는 시어머니가 충격을 받으면 어쩌나 하는 생각부터 했다. 나 선생은 소파수술 날짜를 잡고 정효를 내보낸 뒤 시어머니에게 진료실로 들어오라고 했다. 진료실 밖으로 나온 정효를 간호사들이 연민 가득한 눈으로 쳐다봤다. 난임병원 간호사들의 얼굴은 피에로 같았다. 경직된 입꼬리로 어쩔 줄 몰라 하며 위로하는 모습이 안쓰러울 지경이었다. 정효가 먼저 그들을 위로했다.

"저 괜찮아요. 모두들 걱정해주셨는데 좋지 않은 결과를 낳았네요."

"아기가 약해서 그런 거니 너무 상심하지 마세요. 다음번엔 진짜 아기가 찾아올 거예요."

그 순간 정효는 간호사를 향해 자신도 모르게 앙칼지게 소리쳤다.

"진짜라고요? 그럼 이번 아기는 가짜란 말이에요? 그럼 그 소리는 뭐였죠? 가짜 심장 소리였나요?"

간호사가 속눈썹을 바르르 떨며 말했다.

"그게 아니라……."

정효는 진료실 앞 대기석에 앉아 울었다. 나 선생도 밖으로 나와 정효를 위로했지만 울음을 멈출 수 없었다. 가짜라니. 이식을 받는 순간부터, 어쩌면 과배란 주사를 맞을 때부터 배 속 아기와 엄마의 대화는 시작되는데. 그 길고 긴 대화가 다 가짜란 말인가.

정효가 차에 올라타자 시어머니가 시동을 걸며 말했다.

"정효야, 마음 아프겠지만 빨리 잊고 다시 시작하면
되는 거야."

아직 소파수술도 하지 않았는데 시어머니는 다음 임
신 이야기를 하고 있었다.

"그만 좀 하세요. 아직 배 속에 있다고요. 다 들어요."

정효는 달리는 차 안에서 소리 내지 않고 울었다. 차
가 신호에 걸려 멈춰 섰을 때 정신을 차려보니 전방을
주시하는 시어머니의 눈에도 눈물이 고여 있었다. 심장
소리를 들은 뒤 유산한 것이 처음은 아니었지만 10주나
된 아이를 품어본 것은 처음이었다.

정효는 소파수술을 하던 날 택시를 불러 혼자 병원에
갔다. 수술대에 누운 정효의 팔에 간호사가 링거를 연
결했다. 간호사가 몇 번이나 주삿바늘을 잘못 찔러넣는
바람에 정효는 비명을 내질렀다. 아기의 죽음이라는,
아무리 지혈해도 피가 멎지 않는 커다란 상처에 주삿바
늘의 날카로움이 더해져 고문을 당하는 것 같았다. 문
제는 그다음이었다. 간호사들이 정효의 양팔을 옆으로
뻗게 해서 묶었다. 다리는 개구리처럼 펼친 상태였다.
꼼짝없이 해부되기 직전의 개구리였다. 정효는 어린 시
절에 했던 사소한 잘못들이 떠올랐다. 무슨 잘못을 해
서 십자가의 형벌을 받는가 싶어서 서러웠다. 정효는

자신의 머리 쪽에 서 있는 간호사에게 말했다.

"눈물 좀 닦아주시겠어요? 팔이 묶여 있어서요."

눈에 눈물이 고인 간호사는 다정하게 웃으며 정효의 눈물을 닦아줬다. 의사는 정효를 달래어 진정시킨 뒤 마취를 했다.

마취에서 깨어나자 통증이 밀려왔다. 정효는 불지옥에 떨어졌다고 생각했다. 죽어도 끝나지 않는 고통을 겪는다는.

병실로 이동해 침대에 누운 정효의 귀에 이상한 소리가 들려왔다. 쿵쿵 쿵쿵쿵쿵. 아기의 심장 소리였다. 귀를 막아도, 이불을 머리 끝까지 덮어써도 소리는 멈추지 않았다. 아직 떠나지 않았구나. 눈송아, 미안해. 엄마가 미안해⋯⋯. 같은 시기에 병원에 입원한 지은, 문정과 어울리면서 잠시 그 소리가 들리지 않았지만 집에 돌아오자 다시 그 소리가 들리기 시작했다. 정효는 한동안 심리 상담을 받았다.

끔찍한 악몽이 반복되었다. 정효는 자궁 외 임신으로 난관절제수술을 받았다. 퇴원하던 날 시어머니가 차로 집에 정효를 데려다주며 말했다.

"어서 잊어야 새 아이가 오는 거야. 자꾸 떠나간 아이를 생각하면 진짜 아이가 못 와. 나는 아이를 안 잃어본

줄 아니?"

정효는 물끄러미 시어머니를 쳐다봤다. 정효는 언젠가 시어머니가 데려간 그림 전시회에서 저 그림이 왜 저렇게나 값이 나가는지 도무지 이해할 수 없었던 때와 기분이 비슷했다. 시어머니는 억대의 그림 앞에서 우스꽝스러울 정도로 감탄하다가 정효의 질문에 코웃음을 치며 말했다.

"당연히 대단한 그림이지. 그렇지 않다면 이렇게 비쌀 리가 없잖아."

그때 정효는 시어머니의 의견에 동의하지 않았지만 눈을 내리깔고 고개를 끄덕였다. 솔직히 우스웠다. 설사 그렇게 대단한 그림이라고 해도 시어머니는 그 그림이 왜 그렇게 대단한지 모르는 것 같았다. 정효는 평소 그녀를 경멸하면서도 겉으로 드러내려 하지 않았다. 그런데 그날만큼은 경멸감을 감출 수 없었다. 정효는 차에서 내리기 전에 시어머니에게 말했다.

"앞으로 제게 그런 말 하지 마세요. 그림이 왜 비싼지도 설명하지 못하는 어머니가 제 아이에 대해 가짜니 진짜니 할 자격은 없어요."

정효는 당황해서 말을 잇지 못하는 시어머니를 그대로 내버려둔 채 집으로 올라왔다.

그날 이후로 정효에겐 심경의 변화가 있었다. 석 달 전에 심정지로 아이를 보냈을 때만 해도 이 정도는 아니었다. 이번에는 마음에 커다란 구멍이 난 것 같았다. 정효는 엘리베이터에서 어린아이를 만나면 우울했고 백화점에서 파는 아기용품만 봐도 움츠러들었다. 어느 날 저녁 TV에서 지하철 물품보관함 안에서 죽은 채로 발견된 아기에 대한 뉴스가 나왔을 때 정효는 끝내 오열하고 말았다.

정효는 시댁 식구들이 혐오스러웠다. 은근히 닦달하는 시어머니는 말할 것도 없고 요양원에 있으면서도 제정신이 돌아올 때마다 전화를 걸어 몸 관리를 하지 않는다며 꾸짖는 시할머니는 목소리만 들어도 소름이 끼쳤다. 겉으로만 점잖은 시아버지도 꼴 보기 싫었다. 정효는 그동안 믿고 의지했던 의료진이 혹시 자신에게 사기를 친 게 아닌가 하는 생각까지 했다. 돈을 벌기 위해 임신 가능성이 없는 자신에게 언젠가 아기는 찾아온다고 거짓말한 게 아닌가 하는 의심이 들었다. 고매한 인품의 고 선생은 외고집의 부패한 엘리트로, 함께 나이 든 박 간호사는 꼬리가 아홉 개 달린 여우로 보였다. 정효는 지옥 한복판에 있었다. 세상에 믿을 사람이 아무도 없는 곳, 그곳은 지옥이었다. 정효는 결심했다. 이제 그만두겠다고, 다시는 이곳 아기천사병원에 오지 않겠다고, 이 근처에는 얼씬도 하지 않겠다고 말이다.

정효의 눈에서 눈물이 떨어졌다. 그런 시련을 거쳐 이 아이를 만난 것이다. 난임병원에 발길을 끊었는데도 콩닥이는 엄마에게로 왔다. 정효는 눈앞의 아기에게 속삭였다.

"콩닥아, 잘 왔어. 엄마한테 와줘서 고마워."

정효는 아기의 심장에 귀를 갖다댔다. 콩닥콩닥콩닥. 심장 소리를 들은 아이는 이번이 다섯 번째였다. 알밤이, 튼튼이, 촛불이, 눈송이를 거쳐 마침내 콩닥이가 정효에게로 왔다. 한 시간 뒤 시작될 홈 파티는 그 어떤 파티보다 흥겨워야 했다.

44세 강문정

문정은 스타벅스에 들어가 자리를 잡은 뒤 카페 내부를 둘러봤다. 정효가 시험관 시술을 그만두기 전에 지은과 함께 셋이서 종종 만나던 곳이었다. 고 선생도 연한 커피 한두 잔은 괜찮다고 했지만 정효는 카페인이든 음료는 입에 대지 않았다. 그러면서도 이곳을 약속 장소로 삼았던 건 커피를 좋아하는 문정을 배려했기 때문일 것이다.

문정은 노트북을 켠 뒤 자정까지 보내야 하는 인터뷰 기사를 불러왔다. 이번에 인터뷰한 사람은 코스닥 상장을 앞둔 의류 쇼핑몰 대표 박소영이었다. 박소영은 명절에도 회사에 나가 일하는 일중독자로 유명했다. 인터뷰를 하면서도 문정은 그녀가 부럽다는 생각은 들지 않았다. 너무 완벽해서 그녀의 성공이 비현실적으로 느껴졌기 때문이다. 문정과 동갑내기인 그녀의 인생에는 마땅히 있어야 할 언덕이라든가 빙판과 같은 시련이 없었다. 박소영은 유명 디자이너의 딸로 태어나 재미로 의류 쇼핑몰을 오픈했고, 10년 만에 매출 1000억 원대 쇼핑몰로 일궈냈다. 그녀의 남편은 시사프로그램을 진행하는 미남 앵커였다.

"이번 설에도 회사에 나가실 건가요?"

"그럴 생각이에요. 저는 집보다 회사가 편한 사람이에요. 그렇게 생겨먹은 걸 어쩌겠어요. 요즘은 코로나 때문에 카페 가는 것도 불안하니까 사무실에서 일할 생각입니다."

박소영은 마스크를 내리고 커피를 마신 뒤 이렇게 덧붙였다.

"솔직히 시댁 가는 것보다는 그게 낫지 않아요? 시댁 스트레스나 회사 스트레스나. 저는 일과 생활이 균형을 이룬 지금이 행복해요."

지나치게 완벽해서 오히려 불완전해 보이는 인터뷰였다.

문정은 인터뷰를 마친 뒤 잠시 그녀와 사적인 대화를 나눴다. 그러던 중 문정의 가방이 바닥에 떨어졌고 가방 안 물건들이 쏟아져나왔다. 지퍼백에 담아둔 프롤루텍스 주사와 크리논겔 질정이 박소영의 발치에 떨어졌다. 지난번 시험관 시술에 실패하는 바람에 사용할 필요가 없어진 것들이었다. 박소영이 고개를 숙여 그것들을 주워 문정에게 건네며 말했다.

"혹시 시험관 하세요?"

문정은 어색하게 웃으며 말했다.

"네. 혹시……?"

뜻밖에도 박소영은 3년 전 이맘때 난임병원에 다녔다고 했다. 그녀도 지퍼백에 주사를 넣어 다니며 직원들의 눈을 피해 화장실에서 주사를 맞았다고 했다. 다른 사람도 아니고 박소영이 화장실 변기 뚜껑 위에 앉아 배에 주삿바늘을 찔러넣었다니. 문정은 믿기지 않았다.

"이유가 없다고 했어요. 정자, 난자 모두 아무 문제가 없다고 했죠. 원인불명의 난임. 그래서 더욱 받아들이기가 힘들었어요. 2년간 여섯 번 시도하고 포기했어요. 더 이상 매달리다간 불행해질 거라고 생각했죠."

그녀가 커피를 한 모금 마신 뒤 말했다.

"시험관 할 때 가장 힘든 게 커피 끊는 거였어요. 아기는 포기했지만 커피는 포기할 수 없었어요. 아이 없는 삶도 나쁘지 않아요. 우리 부부는 이전보다 더욱 삶을 즐기고 있어요."

그 순간 문정의 귀에 새벽 시간의 키보드 소리가 아

련히 들려왔다. 타다닥 타다다닥. 완벽해 보이는 박소영이 가질 수 없었던 것이 아기였다니. 하지만 적당한 선에서 그만둘 수 있었던 것이야말로 그녀가 완벽한 사람이라는 증거 같았다. 박소영이 창밖을 내다보며 말했다.

"만약 그때 아이가 생겼더라면 지금 이 인터뷰를 할 수 없었을지도 모르죠."

편집장에게 박소영 인터뷰 기사를 보내야 하는 시간이 몇 시간 남지 않았지만 문정은 새로운 파일을 만들어 서문을 써나갔다. 파일 제목은 '코로나 시대의 난임 병원'이었다.

최첨단 의료시스템을 자랑하는 대한민국은 2020년 합계 출산율 0.84명을 기록하며 '세계 최저' 기록을 갱신했다. 2년 연속 세계 꼴찌를 한 셈이다. 영국 옥스퍼드 인구문제연구소의 데이비드 콜먼 교수는 2006년 세계인구포럼에서 지구상에서 가장 먼저 소멸할 국가로 한국을 지목하면서 2750년에 대한민국이 사라질 것이라고 예측했다. 하지만 세계 3대 난임센터 중 하나인 대한민국의 난임병원 아기천사병원은 코로나 팬데믹 속에서도 아기를 갖고자 하는 부부들로 발 디딜 틈이 없다…….

38세 한지은

지은은 병원에서 나오자마자 문정에게 전화를 걸었다. 문정은 지금 정효 언니 집 앞에 있는 스타벅스에 있다면서 당장 이리로 오라고 했다. 지은은 아직 시간이 남았으니 케이크를 사서 가겠다고 했다. 지은은 아기천사병원 뒷골목에 있는 제과점으로 가는 길에 명성 산부인과를 지나쳤다. 무슨 일인지 병원 앞에 순찰차가 서있었다.

지은은 한 손에 케이크를 든 채로 지하철 입구 계단을 내려가면서 남편에게 전화를 걸어 오늘 중요한 약속이 있어서 시댁에 못 간다고 통보했다. 플랫폼에 서서 지하철을 기다리던 지은은 정효의 블로그에 들어갔다. 정효가 블로그에 적은 난임 일기가 떠올랐기 때문이다. 2005년부터 2019년 6월, 자궁 외 임신으로 아기를 잃기까지 정효는 난임 일기를 무려 14년 6개월 동안 썼다.

'너를 만나기까지'라는 상위 카테고리의 글은 연도별로 나뉘어 있었다. 그런데 예전에는 없던 카테고리가 추가돼 있었다. 지은은 맨 아랫줄에 있는 '임신 일기'라는 새로운 카테고리를 클릭했다.

2020년 11월부터 중단된 기록이 다시 시작되었다. 지은은 정효가 병원에 발길을 끊은 뒤 블로그에 글을 쓰고 있었을 거라고는 생각하지 못했다. 그녀는 정효가 쓴 임신 일기를 읽어나갔다. 그런데 이상했다. 가장 최근에 올라온 글은 며칠 전에 쓴 것이었는데 '임신 21주'라고 적혀 있었다. 왜 40주가 아니고 21주일까? 그리고 왜 임신 일기가 11월부터 시작되었을까? 지은은 고개를 갸웃거리며 정효를 만나면 물어봐야겠다고 생각했다.

형제자매가 없는 지은은 정효와 문정을 친언니처럼 따랐다. 지은이 문정과 친해진 건 문정의 친화력 덕분이겠지만 가장 처지가 비슷하기 때문이기도 했다. 단톡방 멤버 중 난임부부 시술비 정부 지원을 받는 사람은 문정과 지은뿐이었다.

지은은 처음 정효의 집에 방문하던 날을 잊을 수 없었다. 지은은 벌어지는 입을 다물기 위해 심호흡을 해야 했다. 정효의 집은 인테리어도 고급스러웠지만 늘 좋은 냄새가 났다. 어떻게 하면 살림하는 집에서 그런 냄새가 나게 할 수 있는 건지 지은은 궁금했다. 지은은 난자 채취 날과 정효 남편의 출장 시기가 겹칠 때면 하루 일찍 서울로 올라가 정효의 집에서 자고 이튿날 정효와 함께 병원에 방문하곤 했다. 정효는 자기 일이라도 되는 것처럼 지은의 운전기사 노릇을 해줬다.

지하철에 올라탄 지은은 임산부배려석에 당당히 엉덩이를 내려놨다. 배아도 엄연히 생명의 시작이니 앉아도 될 것이다. 지은은 맘마미아에 접속했다. 상단에는 '명성 산부인과'가 포함된 제목의 글이 여러 개 올라와 있었다. 지은은 제일 위에 있는 글을 클릭했다.

오늘 명성 산부인과에서 신생아가 실종됐대요.

간호사가 자리를 비운 사이 누군가 신생아실에 들어가 아기를 훔쳐 갔는데 병원 측에서 늦게 신고를 하는 바람에 아기의 행방이 묘연하다고 했다. CCTV에 범인이 찍혔지만 마스크에 가려져 얼굴이 보이지 않는다고도 했다. 지은은 그 글에 달린 댓글이 더 무서웠다.

—범인이 신생아 장기밀매 조직원 아닐까요?

—간호사가 그 조직과 결탁했을 거예요. 간호사부터

족쳐야 해요.

지은은 혹시 아기를 훔친 사람이 난임병원에 다니는 여자가 아닐까 생각했다. 아기천사병원이 유명한 이유는 시험관 아기 시술에 특화된 병원이기 때문이었다. 체계적으로 진행되는 시술 과정 때문에 컨베이어벨트에 올라간 기분이 든다는 불만을 쏟아내는 여자들도 있었다. 하지만 아기천사병원이 난임 환자를 배려하고 있다는 증거 중 하나는 분만실이 없다는 것이다. 당연히 신생아실도 있을 리 없었다.

스타벅스 안으로 들어가자 창가 자리에서 노트북을 펴놓고 키보드를 두드리는 문정이 보였다. 지은은 방해가 될까봐 문정의 옆 테이블에 앉았다. 3분쯤 지났을까. 문정이 지은을 발견하고 놀라며 말했다.

"언제 왔어?"

"방금."

지은은 문정의 건너편 자리로 옮긴 다음 마스크를 내려 커피를 한 모금 마신 뒤 혀를 빼물며 말했다.

"윽, 디카페인은 정말 익숙해지지가 않아."

지은은 다시 마스크를 올리며 말했다.

"언니, 지금 맘카페 난리 났어. 오늘 오전에, 그러니까 불과 대여섯 시간 전에 명성 산부인과에서 아기가 실종

됐대. 한 치 앞도 내다볼 수 없는 게 인생인가봐. 정효
언니처럼 결국 아기를 얻어 지금 이 순간 남부러울 게
없는 사람이 있는가 하면 신생아실에서 아기를 도둑맞
은 사람도 있고 말이야. 무슨 수를 써도 아기가 생기지
않으니 아기를 도둑맞을 일이 없는 나는 불행한 사람이
아닐지도 몰라."

37세 윤소라

소라는 동물병원 문을 닫고 나오며 정효에게 무슨 선물을 하면 좋을까 생각했다. 정효는 소라가 혼자일 때 곁을 지켜준 사람이었다. 재작년 여름에 정효의 집에서 모임을 가진 뒤 두 달이 흐른 가을, 소라는 세 번째 난자 채취를 했다. 언니들은 소라 혼자 채취하러 가게 할 수 없다며 호들갑을 떨더니 정말로 병원에 몰려왔다. 문정만 오는 줄 알았는데 정효도 소라보다 먼저 시험관아기센터에 도착해 있었다. 마취에서 깨어나 입원실로 옮겼을 때는 지은의 얼굴도 보였다. 침대를 둘러싼 언니들이 소라를 내려다보며 웃었다. 정효는 직접 쑨 전복죽을 소라에게 건네며 먹으라고 했다. 소라는 그 소란스러움에서 작은 위로를 받았다.

네 번째 난자 채취 날에는 정효만 병원에 왔다. 보름 전에 호텔 스위트룸에서 더 이상 모임에 나오지 않겠다고 말한 정효가 추운 겨울날, 소라를 위해 병원까지 와준 것이다. 소라는 입원실로 옮기자마자 정효에게 물었다.

"언니, 오늘도 전복죽 쒀 왔어? 채취실 들어가는 순간부터 그게 먹고 싶더라고."

정효는 침대에 달린 환자용 식탁을 펴더니 종이가방에서 전복죽을 꺼내 올리고 소라의 손에 숟가락을 쥐여줬다. 소라는 그날 먹은 전복죽의 맛을 떠올리며 입맛을 다셨다.

차에 올라 시동을 건 순간 생각난 것은 맘카페에서 본 아기 옷 사진이었다. 탐스러운 복숭앗빛 우주복이었다. 이 동네에 주문제작으로 아기 옷을 만들어 파는 사람이 사는데 엄마들 사이에서 꽤 유명하다고 했다. 소라는 맘카페에 접속해서 그 가게에서 옷을 산 사람이 올린 글을 찾았다. 그 글에 쇼핑몰 주소와 전화번호가 올라와 있었다. 소라는 전화를 걸어 옷을 사러 가도 되느냐고 물었다. 옷가게 사장은 온라인 판매를 원칙으로 하고 있지만 이번 설에는 코로나로 시댁에도 친정에도 가지 않기로 했다면서 흔쾌히 옷을 사러 오라고 했다.

44세 이혜경

차에 올라타 시동을 건 혜경은 남편에게 문자를 보냈다.

—급한 일 생겨서 나 오늘 시댁에 못 가. 어머니께 잘 말씀드려줘.

이런 기분으로 시댁에 가봐야 모두에게 좋을 게 없었다. 어젯밤에도 시댁에 가는 일을 두고 남편과 다퉜다. 목소리를 높여 언쟁을 하는 중에 남편은 담배를 피우러 베란다로 나갔다. 힘들게 석 달을 끊었는데 말이다. 담배를 빼앗으러 베란다로 따라나간 혜경은 남편의 모습에 흠칫 놀랐다. 베란다에 놓인 벤치에 앉은 남편은 머리 위 주황색 조명 때문에 부쩍 새치가 늘어난 것처럼 보였다.

"딱 한 대만 피울게. 어제 고향 후배 만났거든. 당신도 알지? 미연이."

"그럼. 지난달에 결혼식도 같이 갔었잖아."

"그런데 이 친구가 혼인취소 소송을 하고 싶다는 거야."

"혼인취소? 무슨 이유로? 건물주 아들이라고 사기라도 쳤대?"

"남편이 무정자증이래."

혜경이 남편의 옆에 앉으며 말했다.

"그래서 뭐라고 했어?"

"무정자증은 혼인취소 사유가 될 수 없다고 했지. 배우자가 불임인 것은 혼인취소나 이혼사유에 해당하지 않으니까. 자녀를 출산하는 것이 혼인의 목적이 될 수는 없으니까."

혜경이 장난스럽게 웃으며 모범답안을 읊었다.

"혼인의 본질은 양성 간의 애정과 신뢰에 바탕을 둔 인격적 결합에 있으니까?"

남편이 담배 연기를 뱉으며 말했다.

"나 때문에 당신이 고생이니 할 말이 없지."

"걱정하지 마. 정상 정자 1퍼센트 미만이라고 이혼 소송을 걸진 않을 테니까. 그런 소리 할 시간에 운동이나 해."

다부진 몸의 역도부 청년은 어디로 간 걸까. 남편은

임신 중기의 임신부처럼 배가 나왔다. 하루 종일 앉아서 일하고 과음하니 배가 나올 수밖에 없었다. 남편은 기회라도 잡았다는 듯이 말했다.

"알았어. 운동할게. 내일 집에 다녀오자마자 헬스장 끊을게. 그러니까 내일 집에 같이 가자. 나이가 드셔서 그런지 요즘 많이 외로워하셔."

시어머니는 아들 내외에게 자식이 없는 것이 천추의 한인 사람이었다. 명절에는 노골적으로 손주 타령이었다. 혜경은 수술을 마치고 실밥도 제거하지 않은 지금 그런 일을 당하고 싶지 않았다. 친구들을 만나 신나게 놀다가 들어가는 것이 혜경의 소박한 바람이었다.

혜경은 단골 꽃집에 들러 노란 장미를 샀다. 혜경은 플로리스트가 건넨 꽃다발에 코를 묻으며 노란 장미의 꽃말을 떠올렸다. 노란 장미의 꽃말은 완벽한 성취였다. 그리고 질투.

다시 차에 올라탄 혜경은 차가 밀리기 시작하자 무심코 맘마미아에 접속했고 상단에 뜬 글을 클릭했다.

명성 산부인과 지금 난리 났어요.

신생아실에서 아기가 실종됐다니. 명성 산부인과라

면 아기천사병원을 졸업한 여자들이 많이 다니는 병원이었다. 혜경은 임신에 성공하면 고 선생이 추천하더라도 저렇게 보안이 허술한 병원에는 절대로 가지 않겠다고 다짐했다.

사거리에서 신호에 걸려 멈춰 섰을 때 혜경은 문정이 보낸 문자를 확인했다.

— 나 지금 지은이하고 정효 언니 아파트 입구거든. 케이크 들고 올라가는 중이야. 늦지 않게 와.

37세 장은하

단지 내로 차가 들어선 순간 운전석에 앉은 강 순경
이 말했다.

"이 아파트 주민인 것 같습니다."

뒷좌석에 앉은 박 팀장이 보조석에 앉은 은하에게 말
했다.

"아기가 있으니까 장 경장이 먼저 들어가."

은하의 심장이 빠르게 뛰었다. 아파트 이름이 낯이
익다 했다. 여기는 정효가 사는 아파트였다. 은하는 정
효 집에 가본 적은 없지만 전에 소라에게 들은 적이 있
었다. 이 동네 최고급 주상복합아파트라면 바로 이곳
이었다. 은하는 정효가 몇 동에 사는지는 몰랐지만 왠
지 불길했다. 이 아파트에 사는 정효 언니는 아기를 낳
았고 명성 산부인과에서 아기를 낳은 여자는 아기를 도
난당했다. 용의자도 이 아파트에 살고 있다. 설마……?

은하는 자신의 머릿속에 떠오른 생각에 기가 막혀 웃었다. 하지만 자신도 모르는 사이 소라에게 문자를 보내고 있었다.

—지금 정효 언니 집이지? 아기 사진 좀 보내줘. 너무 궁금해서.

금세 사진이 도착했다.

—예쁘지?

복숭앗빛 우주복을 입은 아기는 해맑게 웃고 있었다. 은하는 눈앞의 사진과 병원에서 아기를 잃어버린 엄마에게 전달받은 아기 사진을 대조하기 위해 핸드폰 갤러리를 열었다. 콕콕. 그 순간 단 한 번도 느껴보지 못한 기묘한 통증이 사타구니에 전해졌다.

40세 최설주

소파에 앉아 고개를 꾸벅거리며 졸던 설주의 귀에 아기 울음소리가 들려왔다. 눈앞에 세 아이가 자고 있는데 도대체 어디서 나는 소리일까. 설주는 혹시 자신이 환청을 듣나 싶어서 눈을 부릅떴다. 막내가 아직 통잠을 자지 않아서 어제도 잠을 설쳤다. 하나가 깨면 다른 두 아이가 깨어나는 통에 야간경비대가 된 것 같았다. 막내 돌이 언제였더라? 그러고 보니 한동안 달력도 보지 못하고 살았다. 돌이 지난 지가 서너 달 되었지만 설주는 여전히 막내에게 모유 수유를 하고 있었다. 설주는 내일부터는 단유를 하겠다고 결심하며 베란다로 나갔다.

아랫집 아이가 분명했다. 설주는 소리만 들어도 알았다. 아기가 기저귀가 젖어서 울고 있다는 것을. 설주는 기가 막혔다. 세상에, 아기를 처음 낳아봐서 아랫집 여자는 자기 새끼가 오줌을 싼 것도 모른단 말인가. 설주는 아기 울음소리를 듣고 있는 것 자체가 괴로웠다. 경비실을 통해 아기에게 젖을 먹이라고 말하고 싶었지만 그동안 층간소음으로 아랫집 여자를 힘들게 한 것을 떠올리며 참기로 했다. 하지만 시간이 지날수록 울음소리가 더 크게 들렸다. 설주는 참지 못하고 현관문을 열고 나가 계단을 통해 아랫집으로 내려갔다.

아랫집 앞에는 경찰관 세 명이 서 있었다. 나이가 지긋한 남자 경찰관은 뒷짐을 진 채로 한 발짝 뒤로 물러나 있었고 젊은 남자 경찰관은 초인종을 눌렀다. 젊은 여자 경찰관은 초조한 듯 아랫입술을 깨물었다. 무슨 일이지? 설마 층간소음 때문에 경찰을 부른 건 아니겠지? 곧이어 아랫집 여자의 목소리가 들렸다. 누구세요? 설주는 그들의 뒤에서 집 안을 훔쳐보려다가 아기 울음소리를 따라 들어가고 말았다.

46세 김정효

정효는 아침부터 변기를 붙들고 구토를 했다. 입덧은 보통 15주에서 17주면 가라앉는다는데 21주에 접어들었는데도 잦아들 기미가 보이지 않았다. 맘카페에 글을 올렸더니 임신 기간 내내 입덧이 지속되는 경우도 있다면서 병원에 가서 약을 받아오라는 댓글이 달렸다. 정효는 임신 기간 동안 어떤 약도 먹지 않겠다고 결심했지만 어쩔 수 없이 산부인과에 방문했다. 아기천사병원 뒷골목에 있는 명성 산부인과였다. 이 병원은 의료진이 훌륭한 것으로 맘카페에서 명성이 자자했다. 정효는 평판이 좋은 강혜숙 선생의 진료실 안으로 들어갔다.

은발의 강 선생은 다정한 미소로 정효를 반겼다. 21주인데도 입덧이 심하다고 하자 강 선생은 커튼 안쪽으로 이동해 초음파를 보자고 했다. 정밀초음파로 모니터를 보던 강 선생의 표정이 이상했다. 강 선생은 혀로 입술을 적셨다. 정효가 검사실 침대에서 내려와 다시 강 선생의 책상 앞에 앉자 강 선생이 말했다.

"뭔가 착오가 있는 것 같네요. 임신이 아닙니다."

"네? 그게 대체 무슨……."

정효가 배에 손을 대고 말했다.

"선생님, 저 임신 맞아요. 혹시 또 유산이 된 걸까요?"

"유산이 되었을 수도 있지만 초음파상에서 아무것도 보이지 않아요."

정효는 황당했지만 침착하게 말했다.

"선생님, 저 지금 임신 21주예요. 제가 워낙 살이 안 찌는 체질이라 배가 많이 안 나와서 그렇지 증상이 딱 들어맞았어요. 생리도 멈췄고 입덧은 말할 것도 없고 유두도 단단해졌어요. 무엇보다 태동을 느꼈는데 임신이 아니라니요?"

강 선생이 부드러운 목소리로 말했다.

"힘드셨겠어요. 임신하면 하루하루가 힘들죠. 저도 아이를 셋이나 낳았답니다. 임신할 때마다 처음인 것처럼 힘들었어요."

강 선생이 물을 한 모금 마신 뒤 물었다.

"그동안 어느 병원에 다니셨죠?"

정효는 손톱의 거스러미를 만지작거리며 말했다.

"임신하고선 안 갔어요. 제가 오래도록 난임병원에 다녀서 병원에 대한 불신이 크거든요."

"그렇다면 상상임신인 것 같습니다. 가끔 있는 일입니다. 21주면 배가 조금은 나와야 하는데 이렇게 배가 안 나올 순 없어요."

정효는 아무 말 없이 진료실에서 뛰쳐나왔다. 진료실 밖에 서 있던 간호사와 눈이 마주쳤는데 그녀가 자신을 비웃는 것 같았다. 정효는 수납을 마치고 도망치듯이 엘리베이터에 올라탔다. 그럴 리가 없어. 그럴 리가. 정효는 손을 배 위에 올린 채로 한쪽 구석에 멍하니 서 있었다.

정신을 차려보니 7층이었다. 엘리베이터 문이 열렸고 무언가에 이끌리듯이 내렸다. 정효는 웃음소리가 나는 쪽으로 걸어갔다. 사람들이 투명한 유리벽 앞에 모여 있었다. 정효는 여기가 어디인지 눈치챘다. 유리벽 너머에는 아기들이 나란히 누워 있었고 간호사가 한 아이를 들어올려 엄마 아빠에게 보여주고 있었다.

사람들이 모두 돌아간 뒤 신생아실 안에 있던 간호사가 밖으로 나왔다. 간호사가 신생아실 옆에 있는 화장실로 들어간 것을 확인한 정효는 살짝 열린 신생아실 문 앞에 멍하니 서 있었다. 갑자기 한 아이가 자지러지게 울기 시작했다. 문에서 가장 가까운 침대에 놓인 아기였다. 정효는 몸을 틀어 자리를 피하려고 했지만 날카롭게 찢어지는 아기 울음소리에 다시 몸을 돌렸다. 아기는 마치 정효에게 할 말이 있다는 듯 더 큰 소리로 울었다. 정효는 잠시 망설이다가 안으로 들어갔다. 정효가 아기를 들어올리자 울음소리가 그쳤다. 아기의 얼굴을 가까이에서 본 정효는 흠칫 놀랐다. 아이의 코가 남편을 닮았다. 눈매와 도톰한 입술은 정효와 똑같았다.

"우리 콩닥이, 여기 있었구나."

정효는 그대로 아기를 품에 안고 신생아실을 나왔다. 아이가 추울까봐 롱패딩 안에 아이를 넣고 지퍼를 올린 뒤 아기 엉덩이를 한 손으로 받친 채로 엘리베이터에 올라 병원을 빠져나왔다. 정효는 춤을 추듯이 걸었다. 나비라도 된 것처럼 몸이 가벼웠다. 혹시나 아기가 깰까봐 발꿈치를 들고 걸었다.

아파트 단지로 들어서자 다시 아기가 울기 시작했다. 정효는 아기를 달래기 위해 아파트 동 입구에 놓인 벤치에 앉았다. 아이를 패딩 속에서 꺼내 안고 얼렀지만 아이는 울음을 그치지 않았다. 정효는 다시 아이를 패딩 안에 넣고 지퍼를 올린 뒤 자리에서 일어나 아파트 동 입구로 들어갔다. 엘리베이터에 올라탔을 때 누군가의 목소리가 들렸다.

"같이 가요."

윗집 여자였다. 정효는 잽싸게 닫힘 버튼을 눌렀다. 정효는 윗집 여자가 불편했다. 때때로 윗집 여자는 비난하는 것처럼, 혹은 우월감을 담은 눈으로 정효를 쳐다봤다. 정효는 아이를 셋이나 낳은 그녀가 부러우면서도 안쓰러웠다. 무엇보다 아기와 단둘이 있고 싶었다.

7시가 되기도 전에 동생들이 도착했다. 문을 열자마자 보인 것은 노란 장미꽃 다발이었다. 혜경이 정효에게 꽃을 내밀며 웃었다.

"언니, 축하해."

정효는 집 앞에서 혜경과 잠시 이야기를 나눴다. 집 안으로 들어가려는 순간 엘리베이터 문이 열렸다. 문정과 지은이 엘리베이터에서 내리더니 정효를 끌어안았다. 지은이 눈물을 보이며 말했다.

"보고 싶었어, 언니."

세 사람은 정효가 말하기도 전에 아기를 찾아 안으로 들어가고 있었다. 정효가 동생들의 등에 대고 말했다.

"마스크 쓰고 조용히 들어가. 이제 막 잠들었어."

베란다로 들어간 정효는 창문을 연 다음 화병을 찾아 다시 거실로 들어왔다. 동생들은 여전히 아기의 얼굴을 들여다보고 있었다.

"세상에, 천사 같아."

"정효 언니를 쏙 빼닮았네."

"방금 웃은 거 같지 않아? 배냇짓을 하네."

정효가 꽃을 화병에 꽂고 배달 온 음식을 소파테이블 위에 늘어놓는 동안에도 동생들은 아기에게서 눈을 떼지 않았다.

소라가 도착하자 집 안이 제법 왁자지껄했다. 정효는 긴장이 풀리며 몸이 따듯해졌다. 문정이 대표로 콩닥이에게 덕담을 건넸다.

"우리 콩닥이 건강하게 무럭무럭 자라야 해. 이모들이 지켜줄게."

정효는 문정의 말에 눈물이 날 것 같았다. 케이크를 잘라 나누고 음식을 먹으려는데 다시 콩닥이가 울기 시작했다. 아기는 젖병을 물리자 잠시 울음을 그쳤지만 다시 고개를 저으며 크게 울었다.

또다시 현관 벨이 울렸다. 이제 더는 올 사람이 없는데 누구지? 정효는 비디오폰으로 다가갔다. 화면에 보이는 사람은 제복을 입은 청년 경찰이었다.

"누구세요?"

"경찰입니다. 문 좀 열어주세요. 신고가 들어와서요."

"신고요?"

정효가 동생들에게 말했다.

"경찰이래. 어떡하지?"

동생들은 서로 얼굴을 마주 봤다. 혜경이 말했다.

"우리 여섯 명이라서 그런가? 5인 이상 집합금지잖아. 대체 누가 신고한 거지?"

지은이 말했다.

"다섯 명인데?"

소라가 아기를 가리키며 말했다.

"아기까지 여섯 명이야."

정효의 머릿속에 떠오른 건 윗집 여자였다. 정효는 화가 머리끝까지 치솟았다. 엘리베이터를 잡아두지 않았다고 복수하는 걸까? 그 순간 모두의 핸드폰에서 카톡 알림이 울렸다. 다들 놀란 표정이었다. 동시에 울렸다면 단톡방일 텐데. 소라가 말했다.

"은하 아니야? 문정 언니, 확인해봐."

문정은 핸드폰을 들여다보다가 놀란 눈으로 아기와 정효를 번갈아 쳐다봤다. 소라가 말했다.

"모르고 온 걸로 하면 되잖아. 내가 우연히 들른 걸로 할게. 아니면 벌금 내고 말지 뭐."

정효는 현관문을 열었다. 청년 경찰 옆에는 은하가

서 있었다. 은하 뒤로 키가 큰 중년 남자 경찰이 한 명 더 서 있었다. 그가 날카로운 시선으로 정효를 훑었다. 정효가 입 모양으로 은하에게 말했다.

"지금 근무 중인 거야?"

은하가 머뭇거리자 청년 경찰이 말했다.

"잠깐 안으로 들어가도 되겠습니까?"

중년 경찰이 앞으로 나서며 말했다.

"아기가 왜 저렇게 울죠?"

"낯선 사람이 와서 그런가봐요."

정효는 경찰들에게 안으로 들어오라고 했다. 뭔가 착오가 있는 것 같았지만 은하에게 아기를 보여주고 싶었다.

은하는 안으로 들어가더니 아기침대로 다가가 아기를 유심히 들여다봤다. 콩닥이는 계속해서 자지러지게 울었다. 중년 경찰은 뒷짐을 진 채로 테이블 위에 놓인 먹다 만 케이크와 중식 요리를 쳐다봤다. 그가 정효에게 물었다.

"이 아이의 어머니 되십니까?"

"네, 제가 엄마예요."

정효는 왜 그가 자신에게 그런 질문을 하는지 이해할 수 없었다. 게다가 그의 태도는 어딘가 공격적으로 보이기까지 했다.

"이렇게 묻죠. 이 아이를 이곳에 데려온 사람이 당신입니까?"

정효는 짜증이 났다. 그럼 아이를 집에 데려온 사람이 엄마가 아니면 누구겠는가. 정효가 머뭇거리는 사이 은하가 말했다.

"오늘 오전 명성 산부인과에서 신생아가 실종됐어요."

정효는 은하가 그 이야기를 왜 자신에게 하는지 알수 없었지만 아이를 잃어버린 엄마를 떠올리자 가슴이 아팠다. 더 이상한 건 동생들이었다. 동생들은 모두 손에 핸드폰을 들고 있었다. 지은은 망연자실한 표정을 지었고 소라는 입을 크게 벌리며 스마트폰을 바닥에 떨어트렸다. 혜경은 한숨을 크게 내쉬었다. 정효는 어리둥절한 눈빛으로 동생들을 쳐다봤다. 정효는 그제야 자신이 모르는 어떤 일이 있는 건가 싶었다. 갑자기 지은이 울기 시작했다. 문정이 정효 앞으로 나서며 말했다.

"제가 데려왔어요. 그러니까…… 제가 직접 데려온 건 아니지만 제가 데려온 거나 마찬가지라고요."

문정이 정효에게 말했다.

"언니 미안해. 언니가 이렇게 힘든 줄 몰랐어."

중년 경찰이 자신의 팔짱을 끼며 말했다.

"오늘 공휴일인데 이 집 아저씨 혹시 집에 계십니까?"

지은이 눈을 부릅뜨고 말했다.

"이 집 아저씨는 왜 찾죠? 정효 언니 남편은 집에 잘 들어오지도 않는다고요. 명절에도 일하러 나가는 사람이에요."

정효는 지은을 쳐다보다가 낯익은 얼굴을 발견했다. 저 여자는 언제 집에 들어온 걸까. 경찰들 뒤에 서 있던 윗집 여자가 지은과 경찰 사이로 끼어들며 말했다.

"저리 비키세요. 남의 남편이 집에 있는지 없는지는 대체 왜 궁금한지 모르겠지만 아기가 울잖아요. 부모가 뭘 했든 아기는 잘못이 없어요. 아무 잘못도 없다고요. 그리고 아기가 지금 다 듣고 있어요. 제발 좀 작게들 얘기하세요."

그녀는 탁자에 놓인 기저귀를 집어 익숙한 손놀림으로 재빨리 갈아준 다음 아기를 들어올려 품에 안았다. 그래도 울음을 그치지 않자 소파 뒤로 이동해 쭈그리고 앉아 젖을 물렸다. 그 상태로 몇 번 쓰다듬자 아기는 금세 울음을 그쳤다. 청년 경찰이 말했다.

"남편분은 어디 가셨나요?"

지은이 울먹이며 말했다.

"제발 이 집 아저씨 이야기는 그만하세요. 사업을 크게 하는 분이라던데 명문가 장남이래요. 그래서 이 집은 장손이 꼭 필요하다죠. 도대체 그분은 왜 찾는 거죠? 그분은 아내의 배 속에서 아기가 수도 없이 사라져도 모르는 사람인걸요. 그리고 아이를 데려온 건 저예요. 저 역시 너무나 훔치고 싶었다고요. 아기가 너무 갖고 싶어서 상상 속에서 명성 산부인과 신생아실로 찾아갔었어요."

정효는 동생들이 도대체 무슨 소리를 하는 건지, 왜 모두 자신을 불쌍하다는 듯이 쳐다보는 건지 알 수 없었다. 정효는 소라와 시선이 마주쳤다. 소라 역시 학대당한 개라도 보듯 자신을 쳐다보고 있었다. 은하가 정효에게 말했다.

"모두 다 솔직하게 말씀해주셔야 해요. 함께 지구대로 가주셔야겠습니다."

은하가 아기를 설주로부터 건네받자 아기는 다시 자지러지게 울기 시작했다.

"지금부터 제 의뢰인을 괴롭히지 말고 저와 얘기하시죠. 김정효 씨의 변호사 이혜경입니다."

눈물이 배어나온 눈을 부릅뜬 혜경이었다. 혜경과 눈

을 맞춘 은하의 눈에도 눈물이 맺혔다. 지은이 은하에게 잠시 시간을 달라고 했다. 지은은 정효를 소파에 앉힌 뒤 손을 잡고 말했다.

"오는 길에 언니 블로그를 봤어. 글이 올라온 건 최근인데 21주로 일기가 끝나 있어. 21주밖에 안 됐는데 아기가 이렇게 자랐을 리 없잖아. 안 그래?"

지은은 헬로 베이비 단톡방에 가장 마지막에 올라온 메시지를 정효에게 보여줬다. 은하가 보낸 사진이었다. 정효는 그 사진을 뚫어져라 쳐다봤다. 콩닥이가 다른 여자의 품에 안겨 있었다. 정효는 무릎 위 치마를 손으로 움켰다. 정효의 머릿속에서 장면들이 떠오르기 시작했다. ■

작가의 말

아기를 낳기로 결심했다. 마흔이 넘은 나이였다. 집에서 가까운 보건소에 찾아가 산전검사를 하고 반년이 지나 방문한 난임병원에서 예상치 못한 풍경과 맞닥트렸다. 뜻밖에도 그곳에는 아기를 간절히 바라는 여자들이 대기석을 가득 메우고 있었다.

난임병원은 비현실적인 장소였다. 내가 사는 동네에서는 아기 울음소리가 들리지 않았고, 어린아이를 보기도 힘들었다. 따라서 난임에 대한 이야기를 나눌 친구를 찾는 것도 어려웠다. 하지만 정작 내가 난임병원에 다니고 있다고 주변에 말했을 때 지인이 자신의 경험을 들려줬다. 오랜 시간 난임병원에 다녔고 힘들게 아이를 얻었다고 말이다. 왜 말하지 않았느냐고 물었더니 그런 이야기를 하는 건 왠지 눈치가 보이고 요즘 같은 때 공공연히 그런 이야기를 하는 것은 실례라고 했다. 그녀는 자신이 시험관 시술로 아이를 낳은 것은 '비밀'이라고 했다.

병원에 다닌 지 얼마 되지 않아 코로나가 시작되었다. 나는 2020년, 2021년 2년 동안 난임병원에 꾸준히 다녔지만 아이는 찾아오지 않았다. 코로나가 기승을 부릴 때도 난임병원은 사람들로 붐볐지만 대한민국은 수년 동안 세계 최저 출산율을 기록, 경신했다.

난임병원에 발길을 끊은 건 내 의사와는 상관없는 결정이었다. 난임치료를 받는 도중 자궁내막에 비정형세포가 발견되어 대학병원에 방문했다. 의사는 자궁내막증식증이라면서 난임치료를 중단하고 증식증을 치료해야 한다고 했다. 의사가 말하는 치료란 피임장치를 자궁에 삽입하는 것으로, 일시적으로 생리를 중단하는 것이었다. 어안이 벙벙했다. 임신을 하고 싶어서 난임병원에 다녔는데 피임시술을 받아야 한다니. 피임시술을 받던 날 허망하고 절망스러웠다. 하지만 여섯 달 동안 치료를 받으며 그동안 쓴 소설을 다듬어 출간하게 되었으니 얻은 것이 전혀 없다고는 할 수 없을 것이다. 2년 동안 난임병원에 다니면서 이전에는 상상할 수도 없었던 '임신 이전의 이야기'가 존재한다는 것을 알게 되었다. 고통과 눈물, 설렘이 뒤범벅된 다채롭고 생생한 이야기가.

누군가 왜 아기를 낳으려 하느냐고 묻는다면 말문이 막힌다. 그냥 '만나고 싶다'라는 말 외에는 다른 말이 떠오르지 않는다. 혹시 만나게 된다면 눈을 맞추고 인사를 하고 싶다.

2023년 봄
김의경

헬로 베이비

1판 1쇄 발행 2023년 3월 13일

지은이 · 김의경
펴낸이 · 주연선

(주)은행나무
04035 서울특별시 마포구 양화로11길 54
전화 · 02)3143-0651~3 ㅣ 팩스 · 02)3143-0654
신고번호 · 제 1997—000168호(1997. 12. 12)
www.ehbook.co.kr
ehbook@ehbook.co.kr

ISBN 979-11-6737-277-2 (03810)